深情暗恋

Affectionate crush

苏向暖——著

内蒙古出版集团
远方出版社

图书在版编目(CIP)数据

深情暗恋 / 苏向暖著 .—呼和浩特 : 远方出版社，2016.1
（紫水晶情感小说系列）
ISBN 978-7-5555-0621-8

Ⅰ . ①深… Ⅱ . ①苏… Ⅲ . ①长篇小说–中国–当代
Ⅳ . ① I247.5

中国版本图书馆 CIP 数据核字 (2016) 第 024161 号

深情暗恋

作　　者	苏向暖
责任编辑	云高娃　李　可
出版发行	内蒙古出版集团　远方出版社
社　　址	呼和浩特市乌兰察布东路 666 号　邮编 010010
电　　话	（0471）2236471 总编室　2236460 发行部
经　　销	新华书店
印　　刷	北京富达印务有限公司
开　　本	650 × 940　1/16
字　　数	141 千
印　　张	13
版　　次	2016 年 3 月第 1 版
印　　次	2016 年 3 月第 1 次印刷
标准书号	ISBN 978-7-5555-0621-8
定　　价	25.00 元

目录

第一章　如果爱是命中注定的相遇

一

苏沛菡终于见识到什么叫真正的目瞪口呆。

她的目光，自从他出现在演讲台上，便再也没有离开过，他的声音回荡在整个操场上，传进她的耳膜内，在苏沛菡仔细的分辨下，她确定，那天抓着她的手死死不放开的人就是这家伙——高三学生会主席林伟填。

让时间退回到端午节的前三天，那日骄阳似火，偏偏还被自己的好闺蜜夏曼曼拖出门，纵然有十二万分的不乐意，看在她的面子上，身体再怎么不舒服也要陪她。

只是刚下车，便被路口边儿上的一名陌生男子拦截，他拉着苏沛菡的包包说着："我看姑娘你虽然天资卓越，只是恐怕你这一生有太多的大喜大悲，不如你买我这里一个玉坠驱邪保平安？"

苏沛菡抬起头仔细地端详他，年近十八，眉宇间却透露着几分无比成熟的气息，好看的一双眉目让苏沛菡至今都无法忘怀，纵然几年之后爱上他，或许就是因为他的眉宇吧。

“我不信邪，你别拽着我，我赶时间的很。”

“这不是邪，老天注定让你遇到我，所以你可以买一个试试呀。”少年依旧不依不饶，双手死死地扒住她的玫瑰色背包不肯撒手。

少女和一名路边算命的少年扭打在一起，这样的场景不得不引发周围的人前来观摩，眼看着围观群众越来越多，苏沛菡只觉得太过丢人，一着急，不小心便将自己的背包带拉扯断了，包内的物品散落一地，钱包也不小心掉了出来。

苏沛菡心想着终于要摆脱他了，却没曾想到，有一个人的手比她更快，在钱包掉出来的一瞬间便被那人从地上抢走，而后跳上了一辆出租车，留给她一个绝望而深沉的背影，以及那难闻刺鼻的尾气。

周围群众眼看着此事发生，便纷纷一哄而散，谁都害怕这个时候会被冤枉甚至受到波及，转眼间，这地盘之上，只剩下苏沛菡和那位算命的先生。

“你！”

“姑娘，我都说过了，你的人生会有大喜大悲，为什么不听我的劝告。”说罢，他又从口袋中掏出玉坠放在她的眼前晃荡着：“买一个玉坠吧，驱邪保平安的。”

“城管来啦！快跑啊！”一个路边的小贩骑着水果车边跑边喊，惹的周围摆摊的生意人纷纷逃离，包括那位算命先生，只是，他跑路到一半，又跑了回来，将玉坠塞到她的手中说着：“看你可怜兮兮的，我就将它赠送给你，好生养着，等你有钱了再来给我啊！”

苏沛菡一脸迷茫地一直盯着他，直到看到他消失在红绿灯的十字路口，这才反应起来，在无缘无故的状态下就这么收下了他的玉坠。

看着手里的玉坠，心里总是五味杂陈，她向来不是占便宜的人，可是却又不知道怎么能再次遇见他，曾经有过一连几天都等在那个车水马龙的路口上想再度遇见他，却没有再见到他来摆摊。

直到今天，若不是誓师大会，她还真的以为自己一辈子都遇见不到他了。

玉坠被夏曼曼抢了过去，苏沛菡条件反射地想要抢回来，却被夏曼曼一张嘴堵了回来："好端端的怎么忽然有了玉坠，这可不像是你的作风。"

纵然好闺蜜有再多的好处，也让苏沛菡在这一刻有了让夏曼曼消失的想法，夏曼曼知道她不喜欢佩戴首饰。于是，只能脸红脖子粗地编造一个过得去的理由："我妈给我的，她说看我这么大了也应该好好打扮一下自己。"

"这样啊，那就好好保存吧。"玉坠再次回到她的手掌心中，让苏沛菡不由自主地捏紧了几分。

直到台下热烈的掌声响起，苏沛菡才反应过来，原来是他的演讲已经结束，她的目光盯着他从后台下场，便再无他的身影。

而后，全体起立，她终于再次看到了他的身影，一身西装校园服在他的身上是如此的百搭，一张薄而红的嘴唇贴在话筒前，磁性的声音围绕在全校的上空，全校的同学跟着他一同念着誓词，有着势必要将三年之间所学到的知识全部运用在考场上，回报学校、回报祖国的架势。

誓词念完之后，紧接着便是校长们之间的发言，苏沛菡坐在位置上等啊等啊，终于看到他跑去了学校的后场，她便和夏曼曼说："班主任要是来了就说我拉肚子。"还没等夏曼曼阻拦，便朝他跑去的方向跟了上去。

"喂，同学，等等。"苏沛菡眼看着他即将要进入学生会的工作基地，便连忙上前阻止。

"这位同学，你还记得我吗，在红绿灯的一个十字路口上。"苏沛菡看着他满脸的疑惑，开始详细地解释着。

林伟填像是用尽全部的脑细胞去想她那一张脸，可是想了半天，依然没有想出来她是谁。于是，苏沛菡将口袋中的玉坠掏了出来，放在他的眼前说着："我只是来还你这个的。"

二

"我想你是认错人了，我不认识你，也并没有给过你这个玉坠。"林伟填板着个脸，面无表情地看着苏沛菡。

"那天你急急忙忙地跑了，我还来不及还给你，你可别否认。"说着便将玉坠塞到他的手掌心内，却被他丢到了垃圾桶里，而后一言不发地回到了学生会的工作基地内。

看着这一系列的反应，倒是让苏沛菡吓了一跳，她开始拼命地将算命先生的脸和林伟填的脸重合在一起，她甚至开始怀疑自己是否认错了人，可是两张一模一样的脸确定是完全吻合的啊。

原来这种喜怒无常的人，也只会在顾客面前才会堆砌那一张虚伪的脸。

想到这里，苏沛菡心情倒是微微有些酸涩，真是空长了一副好皮囊却不干正经事之人。

苏沛菡将垃圾桶内的垃圾用手轻轻抛开，腐朽的气息钻入她的鼻孔内，让她忍不住微微皱眉，终于将那一颗小小的玉坠找到，用着水龙头将玉坠身上的气味洗净，在阳光的照耀下，它仿佛并没有经历过任何风吹雨打，依然是耀眼的玉坠。

苏沛菡抱着失落的心情刚回到位置上，向来八卦的夏曼曼便问道："你刚刚干什么去了，我可是看到你跟着高三学生会会长林伟填一同走进办公楼的，别想蒙我。"

"没什么，我可能认错人了。"苏沛菡心里闷着难受，头一次被毫不相干的男生拒绝自己的一番好意，从小过着高高在上生活的娇小姐还真是有点不适应。

"这也可以认错人，谁人不知道他是我们学校大名鼎鼎的学生会会长啊……"

"成绩好就不说了，人品好，长得帅，听说家庭背景也不错，因为这样才和校长搞好关系被保送名牌大学呢。"

"别说外校的女生了，咱们本校的女生都不知道有多少人偷偷暗恋着他呢……"

……

苏沛菡几乎是听着夏曼曼的八卦结束了这场心酸的誓师大会，搬着凳子回到了教室内，一大波学生鬼哭狼嚎地吼着被晒成肉干等搞怪词句，一到教室内便抱着空调不肯撒手，夏曼曼看着自家班级男同学们的德行，白眼一翻，一副无可救药的模样说着："可算看出差别了，还是林伟填好啊……"

"夏夏，林伟填是高三几班的？"

"啊？哦……高三（11）班的，重点班级呢。"夏曼曼反应慢了半拍，忍不住地说着："哇，你不会是暗恋他吧？"

夏曼曼是出了名的高嗓音，高二上学期的时候，由于嗓门大而被音乐老师抽到音乐部作为高音部的一员，也取得了较好的成绩，她这么一吼，整个班级的人倒是安静了三秒，之后又再一次恢复正常。

林伟填虽是全校的名人，对于他有太多的传言，而苏沛菡也不是省油的灯，家庭环境甚好，再加上人也长得不赖，即便她喜欢上林伟填，也不会有人说些什么，这年头，果真是看钱看脸的社会。

“你别瞎说，他确实长得比较像我一个朋友，我只是好奇地打探了一下而已。”苏沛菡解释道。

“哦……好奇啊，那我允许。”夏曼曼收拾了一下自己的书包，而后继续说着：“我还要去上补习班，今天就不陪你回家啦，你路上小心。”说着便摆了摆手就离开了教室。

同学们渐渐地都各自离开，只剩下一部分值日的同学留在教室内开始打扫卫生，最终整个教室内只留下她一个人。

黄昏中最后一抹夕阳从玻璃窗上照射进来，轻轻为她添上了几分神秘的色彩，苏沛菡的脸贴在桌子上，脑海里一幕幕回忆的都是他的脸。

忽然，像是下定了一个决心，她提着书包，将教室的门重重地锁上，便跑向高三（11）班的教室，根据苏沛菡的猜测，一般重点班级的学生都会放学很晚，此刻一定还在教室中上着夜自习。

果然不出她所料，她赶过去的时候，正是他们上课的时候，而她一眼就看到林伟填所在的位置，好学生就是不一样，坐的座位都是在第一排最拔尖的位置上，他一张严肃的脸庞此刻正朝着墨绿色的黑板，时不时地低一下头，再时不时地记录一下笔记，看到他这番认真的模样，苏沛菡想上前敲门的勇气也顿时没有了。

他不像是装出来的。苏沛菡叹了一口气。

其实苏沛菡大可不必将这件小事放在心里，她大可以托人送还给他，也大可以置之事外，可是人的好奇心一旦上来了，就没有回头路，尤其是她这种纠结的要死都不肯放过自己的星座——处女座。

可是，他这番认真严肃的模样，怎么也无法和那张嬉皮笑脸之人重叠在一起，但他们的确是一张一模一样的脸。

就算是双胞胎，也一定有不同之处吧。

于是，苏沛菡叹了口气，终将坚持自己内心的想法，敲响了高三（11）班的门。

三

当教室的门打开之后，其实苏沛菡下意识地也想要逃离这里，或许是她实在太过于紧张，导致她的脚步无论如何也无法挪动，只能愣愣地站在他们班主任面前。

果然重点班级就是重点班级，连老师都是一副高高在上严肃无比的样子，先是打量了一番苏沛菡，而后才用着沙哑的声音问着："你是哪个班级的？有什么事情？"

"我……"平时苏沛菡就是一副沉默寡言的样子，就连对着夏曼曼，现状也并没有改变几分，更不用说对着陌生人，还是不认识的老师，如果苏沛菡不讲清楚来源，那么就意味着这个老师很有可能会打听到苏沛菡所在的班级，从而告到苏沛菡的班主任那里。

"到底有什么事？不要耽误我的上课时间。"班主任的口吻再度加重几分，就在苏沛菡正在想编造什么借口之时，她的目光不由自主地落在了他的身上，恰好，他的目光也正巧落在她的身上。

苏沛菡像是抓住了救命稻草，连忙朝着他眨巴了几下双眼，她最后的希望都落在了他的身上，他却缓缓低下了头，扭动着签字笔在笔记本上开始写写画画，似乎对她的求助信息没有一点反应。

你妹！

苏沛菡在心里默默地补上了一句。

“你哪个班的，下课后到办公室一趟。”想必是班主任有些生气，这最后的通牒还是发了出来，只是，就在班主任准备关上教室的门时，他还是站了出来。

来自心脏深处的血液，就这么突然地灌入她的心房，温温暖暖，不燥不热，将她那死去的心脏恢复了燃力的跳动，他磁性而好听的声音传入她的耳中，纵然站在门外的她，也是可以听得一清二楚：“老师，她是高三（10）班的苏沛菡，前段时间我说要借给她笔记，可能让她久等了，我能不能出去和她谈谈？”说着，还扬了扬手中的笔记本。

纵然班主任再怎么冷酷无情，碍于总是要给好学生几分面子，对待他的态度，简直就是好到无话可说，原本对着苏沛菡沙哑粗犷的嗓门，瞬间便得温柔，让苏沛菡险些没有忍住笑出声来：“嗯，去吧，快点回来，不能耽误上课呀。”

他轻轻笑了笑，轻轻将班级门拉了上来，转身的瞬间，微笑的表情再次全无，整张脸都垮了下来，像是苏沛菡欠了他二百五十块。

“那个……”没等他开口，苏沛菡再次慌张的将玉坠放在他面前，小心翼翼地说着：“我不太喜欢占人便宜，你的家境是不是并没有传说中的那么好，因此是为了自尊吗？你放心，我绝对不会说出去的。”

“是不是只要我收下这个玉坠，你就可以离我远点，从此不再打扰到我的学习生活？”他的眉目微微一皱，轻声说着。

“啊？”苏沛菡反而被他的话砸得六神无主，她只是想还一个玉坠而已啊。

林伟填从苏沛菡的手中抢过玉坠，指尖与指尖之间的触碰让她感受到他的温度，平时家教甚好，苏沛菡第一次尝试与男生这样亲密的接触，反而让她不好意思，只感觉脸部一阵发烫，她有些羞愧地低下了头。

“玉坠我收下了，以后别来找我了，我只想好好学习。”说着，便将玉坠塞进口袋中，推开教室的铁门走了进去，留给苏沛菡的，则是他寂寥的身影。

苏沛菡捂着脸慢悠悠地离开了高三（11）班的走廊，回想起刚刚触碰的温度，让她更加恼火，苏沛菡，你可不能沉沦下去，怎么可以相信一见钟情，即便他长得真的挺帅的……

四

苏沛菡曾经偷偷地在梦里梦到过他，与他第一次相遇时的场景一模一样，他依然穿着白色衬衫，下身随便穿一条百搭牛仔裤，手紧紧地握紧她的手腕，又大又明亮的瞳孔对着她闪烁，好听的声音围绕在她耳旁，只不过，在梦中的场景，她再也没有反抗过，反而是带着几分温暖的眷恋。

她不得不承认自己是“外貌协会”的一员，尤其她是眉目控，十几年间，她见过无数男人，也见过很多长相比他更加优越的，可是却怎么也无法将他们的眉目，安插在林伟填的身上，他的眉目，在她心里早已演变成独一无二。

自从那天将玉坠还完之后，她便再也没有任何借口可以接触到他，甚至连路过他们班级的走廊都不敢，她有权去暗恋一个人，可是却没有权让那个人接受她的暗恋，为了承诺他所说的话，一连两周，都不曾打扰过他。

只是这样的小心翼翼，却还是换不来太平。翌日的清晨，苏沛菡刚将书包放下，正准备打开早餐饱食一顿，却被夏曼曼以一张严肃的脸庞打断了。只见夏曼曼将苏沛菡拉到教室外面，口吻相当不好地说着：“你最近是不是得罪了人？”

苏沛菡有些疑惑，所有认识人的脸庞在脑海中一一闪过，而后摇头：“我在学校的表现向来都很安静，怎么还会得罪人？”

“你还真好意思说！”夏曼曼掏出手机，将校园网翻了出来，而后将硕大的手机屏幕死死地贴在她的面前：“这些帖子都是你和林伟填的八卦，我昨天晚上发现的时候已经让一部分人想办法删掉了，结果今天早上打开手机一看又是一堆，你和林伟填到底是怎么了？”

被夏曼曼这么一问，倒是让苏沛菡有些慌张，她第一反应便是想到了林伟填，可是他也是个不喜欢风波之人，怎么看也不像是会主动发帖，唯一可能的便是他们班级的学生。

回想起那天在走廊上还玉坠的场景，还真是不知道背后有多少双眼睛在盯着看。

随便打开一张帖便是谩骂苏沛菡的，帖子上说的话还是相当得狠毒，说什么傲娇少女有钱拼爹的时代，又有人说苏沛菡拖了多少关系之类的，甚至有些学生网友都准备人肉她，这可把苏沛菡吓得不轻。

“我去找他。”看完帖子的第一反应，便是想要去找林伟填解释清楚，她不希望自己给他的印象毁于一旦。

“你疯了，现在正是上课阶段，你这么风风火火地冲过去，只怕第二天你都要上校报头条！”夏曼曼一把拖住着急如火的苏沛菡，嘴巴像打开了话匣子一般拼命地往她身上砸，可是在她的耳朵里，便成了毫无一用的话语，耳朵渐渐地将她所说的话隔绝。

在夏曼曼的努力下，苏沛菡被拖入教室中，且让她安心：“天大的事情，也先学习，你们之间的事情，放学后你去找他都可以，我来给你把风！”夏曼曼拍拍胸脯说着，一副大义凌然的模样，让苏沛菡的确心安了不少。

一上午的课，四小节，六小时，她这六小时的时间里，什么课都没有听进去，只是掏出一支笔和一本笔记本，在白纸上哗哗地抒写，她是在将要解释的话都写在纸上，而后背下来，念给他听。

她有语言障碍症，遇见不太熟悉的人，或者喜欢的人，只会不停地紧张，反而什么话都说不出来，倒不如写在一张纸上，而后将这些话背会，或者直接将信纸放在他的手内，也好过让他误解自己。

人啊，一旦暗恋上一个人就会要不断地刷新在他心中的印象，从而让他记住，在这个世界上，纵然你被所有人都背弃，或许还有一个人在默默地支持你。

煎熬了一上午，直到听见放学铃声的响起，她几乎是没带一点犹豫地飞快冲到他的班级门口，在一波人群之中看见他。

他是那么的与众不同，独一无二，让她一眼就发现他的存在，在他的周围似乎放着一股股吸引她的电波，让她忍不住多看两眼。

放学还未走的同学看到了苏沛菡，纷纷对她指指点点，无非就是关于校园网上的一些流言，但不知道苏沛菡是怎么想的，在她的面部表情上，却是微笑寻常，甚至在内心深处还有一些窃喜。

两个毫不相干的人，因为一些流言蜚语而渐渐将两个人捆绑在一起，这是她开心的唯一原因。

林伟填总算是收拾好自己的书包，准备走出教室的时候却被苏沛菡拦下，苏沛菡有些结巴地说着："林伟填……我是想给你解释一下……"

"你怎么又来了？"林伟填好看的眉宇骤然皱起，瞳孔里闪烁着不悦与严肃的气息。

"关于校园网上的一些流言，我希望你不要太介意，我本不想打扰到你的生活的……"只是，她想解释的话还没有背诵完毕，便被他匆匆打断，口吻里到处是嫌弃的语意："有没有人告诉过你，你真的好烦人。"

苏沛菡惊讶地抬起头看着他，他的目光虽然也对上了她，但冷漠的瞳孔传给她的气息太冷淡，冷淡到让她忍不住地瑟瑟发抖。

苏沛菡忍不住地向后退了一步，而他便没有一丝犹豫地从她的面前离开。

"这个人……"苏沛菡瞪大双眼，望着他离去的背影，半晌才回过神："简直不可理喻啊！"

五

苏沛菡一转身便看到站在远处的夏曼曼，她看样子是刚刚从楼下跑上来，满头大汗，累得气喘吁吁，却也要仔细地问问具体情况："怎……怎么样？"

苏沛菡被她这么一句怎么样打动了心房，什么男人，都是浮云，都是狗屁，真正对自己好的还是夏曼曼，虽然夏曼曼觉得这句话很微不足道，但在苏沛菡的心里却一直挂念着，直到后来的风云变幻，她仍然坚信夏曼曼当初对她的友情是真心实意的。

她扑到夏曼曼的怀里却一滴眼泪也挤不出来，只是摇摇头，恶狠狠地说："他简直是神经病。"

夏曼曼拥着苏沛菡一路走向回家的方向，直到走到十字路口，苏沛菡才恋恋不舍地与夏曼曼挥手道别，而夏曼曼临走前拥着她，在耳边说："别管这些破事，他就是神经病。"

扑哧——

苏沛菡毫无形象地笑了出来，面对这样的好闺蜜，她即便是有脾气也发不出来，努力地朝着她笑了笑，让她放宽心。

当对面的绿灯亮起的时候，苏沛菡将书包肩带狠狠地往上抽了抽，心里仿佛下了很大的决心，脚步坚定不移地向着对面的方向前进，而并没有选择回家的那一条马路。

她原本也只是想抱着试一试的心态，想看看他是否还在那个摊位摆摊，但却没想到他今天却出摊了。

苏沛菡连忙走上去，站在他的面前，脸上表情却是十分紧张，她作为客人，应该不会被他拒绝得很惨吧。

而让苏沛菡万万没有想到，他的态度简直是一百八十度的大转弯，热情似火，拉着她坐在一个小铁凳上，说着：“没想到你还会再来。”

“我也没想到你还会在这里摆摊……”苏沛菡下意识地将这句话脱口而出，而后笑盈盈地说着：“你……不恨我啦？”

他仔细的想了想，恍然大悟道：“一点小事而已，恨你做什么，你不恨我就好。”因为那次的手忙脚乱，自己还害得她丢失了钱包，这么大的事情她却反而向他道歉，让他觉得面子上很是过意不去。

还真是骄傲。苏沛菡在心里忍不住地笑着，可是心里仍然有些无法接受他对自己转变的态度，难道是说，在学校中，他依然不肯放下架子来心平气和地和她说话吗？

“姑娘这次来是做什么的，想继续找我算命吗？”

“我……我不了，我不信这些的，只是想给你道歉，看你现在情绪很稳定，我就先回家了。”苏沛菡连忙说清自己的来意。

林伟天像是明白了什么，点头对她微笑，轻薄而红嫩的嘴唇勾勒起一条美丽的弧线，不张扬，却协调，搭配上那一对炯炯有神的月牙双眸，温暖似火。

苏沛菡曾在书中看到过这么的一句话，若人微笑起来不张扬却温暖，大而明亮的双眼带着月牙般的美丽弧度，这个人定是被上天温柔相待，是神的庇佑者。

她的脑海中忽然将那一张冷傲如霜的双眸拿来对比了一番，果断将它从脑海中删除，保存下这张便好。

“林伟填，你会幸福的，因为你是神的庇佑者。”

他抬起头看向她，轻轻地愣了愣，而后对她笑道：“若果真如此，那谢谢你吉言，因为幸福是来源于你。”

因为，幸福来源于你。

只是可惜，她叫林伟填名字的最后一个音节发音却被尖锐的车鸣声所掩盖，掩盖了这真相很久很久。

六

周一的例行大会上，苏沛菡却迟到了，一向成绩优异，每次开大会的典礼上都从不会迟到的人，她这次不但迟到，还遗忘了两件最重要的东西，一是校园出入证，二是大会演讲稿。

全校师生都在等着她发言，然而她此刻却在门口与学生会执勤人纠葛不清。

“大哥，我求你放我进去吧，我真的是忘记这一次而已。”她百般无奈的恳求，却换来执勤人的冷淡一句：“叫你班主任来。”

例行大会已经被耽误了十分钟，她在不得已的情况下，只能狠狠地将执勤人推开，自己溜进校园内，却没想到一头栽进一个人的怀中，她抬头看了一眼，忍不住地往后退了几步，眼中满是惊恐和疑惑。

他是学生会主席，一般主席很少出来执行任务，但这个时候却看到他的臂膀上正缠着一圈黄色的执勤带。

这个危机的关头上撞上他，对她来说简直就是有害而无益！

“你……你想干吗。”事到如今，只能硬着头皮问他。

他并没有回答她的话，原本阴沉的脸却在看到她的一刹那，嘴角忍不住向上勾起，严肃的脸庞上终于有了几分生气，而后，转过身对着门口的执勤人员问：“谁准她进来的。”

被学生会主席抓到没有认真工作的人，轻则扣学生会积分，重则开除出学生会，在这个重点高中学校之中，被开除出学生会，比什么都可怕。

而这个时候，却没有一个人敢吭气，谁也不知道他心里到底是怎么想的，最终，苏沛菡对他难为别人看不下去了，便勇敢地站出来说着："是我自己跑进来的，难道你还想责罚我不成。"反正她又不是学生会成员，光脚不怕穿鞋的。

听到这个回答，他的嘴角挂起的微笑弧度更大了，甚至眼睛下方的卧蚕都微微鼓起，煞是好看。

好看是好看，可是在苏沛菡的眼中，却是与摆地摊的少年如此的与众不同，他的笑，此刻带着几分嘲讽，眼里全是雾霾，看不清，猜不透，压抑着让人心里如此难过。

苏沛菡心里满是不爽，暗自腹诽，他一定学过川剧里的变脸。

"叫你的班主任来认领，否则你就今天站在学校门外吧。"低沉的声音提示着她，她的脾气也上来了，满是不屑："叫就叫，大不了我就在门外站一整天。"而后，立马掏出手机开始拨打班主任的电话号码。

林伟填则站在她的一旁，满脸都是一副看好戏的模样。

不大一会儿，苏沛菡的班主任便急急忙忙地赶了过来，看到她正站在林伟填的身边时，原本一脸怒气的班主任此刻满是笑脸，果然全校师生看到林伟填的时候，多少都要给他几分脸面的啊，苏沛菡也不知道这是福还是祸，因为托了他的福，她暂时安全。

班主任一面赔礼道歉，一面批评着苏沛菡，而后便急忙拉着苏沛菡去了学校的操场上，苏沛菡被班主任拉着走得飞快，脚步有些跟不上，却也不忘扭过头来对他做了一个鬼脸。

七

除了迟到了几分钟，便并没有再发生什么大事件，好在校领导反应够迅速，在她还没到演讲台之前，自己便就先慷慨激昂地演讲了自己所写的稿子，将这场事故化解在可控的范围之内。

苏沛菡演讲完之后，便将自己的演讲稿狠狠地撕掉，满脸都是生气的模样，盯着眼前一地的碎纸屑。

夏曼曼搂着她的肩膀安慰着："没关系啦，班主任可能也只是批评你几句，毕竟你还是参与了这次演讲会。"

"谁说我生的是班主任的气？"

"那是？"

"林伟填。"她说着又将碎纸屑狠狠地踢了一脚。

夏曼曼满脸的吃惊，有些紧张兮兮地问着："他又找你的麻烦了啊？不对，是你又惹到他了吗？上次不是说过不能再找他了吗？"

"我承认迟到是我的不对，我也活该自己忘记带了学生证，可是他这样落井下石简直太气人了。"

"就不要再找他了嘛，你自己见到他就要躲开。"夏曼曼几乎怒吼着说道。

苏沛菡感觉到有些不对，便双手环抱胸，斜眼看着她："你这么激动为哪般，感觉你也是在责罚我一样。"

夏曼曼的表情渐渐有些凝固，但随即收拾好面部表情，说道："我只是觉得，如果你想在毕业之前好好过最后的高中生活，就不要去找麻烦，你要知道，你那么努力地不靠父母关系而在学校要到的保送名额多么不容易，我不希望你就这么毁掉自己。”

原本只是一些带着恶意的玩笑，谁知却反而变成了危机，被夏曼曼这么一说，让她自己的心里也不得不多了一杆秤，来衡量事情的严重性。

苏沛菡从小家庭环境优越，人长得又漂亮，这对普通人家来说是多么令人羡慕，可是这点也让所有女生为之嫉妒，她第一天转学来到这所重点高中的时候，就被所有人猜测，被所有同学扒皮曝光过，她从一开始就没有了自己的隐私，若不是在这所学校里拥有自己唯一的好姐妹，她还真的不知道该怎么熬下去。因此，她为了打破那些谣传，不惜一切代价用自己的名义争取到了学校保送重点学院的名额，这才暂时堵住这群人的嘴，只是因为林伟填，谣言再一次传起，让她也不得不重新考虑所发生的这一切。

最终，苏沛菡还是听从了夏曼曼的话，每天都按时上学下学，只要有林伟填在的地方，她都尽量避而不见，换来了为之一周的平静。

只是，没有让人想到的是，想要宁静的人却总是事态百出。

C 城的夏季本是一个多雨的季节，早上还是万里晴空，下午便是乌云密布，因为天气原因，学校特意通知，让全校师生早点回家，只是，尽管老师们一而再再而三地叮嘱早点回家，苏沛菡却还是没能早点到家，这才走了一半的路，天空便下起瓢泼大雨，尽管她撑着伞慢悠悠地走在回家的路上，但小伞还是没能扛住风吹雨打，她的半个身子还是被大雨所侵。

苏沛菡默默地在心里暗骂了一句，便站在马路口上，想看看有没有空车可以坐。

原本一切都很自然，却被忽然传来的一声熟悉的尖叫声所击破，苏沛菡出于条件反射，转过身，看了过去，雨雾蒙蒙之中，那个身影正在逐渐向她靠近。

“让开——快让开——”

声音渐渐地传入她的耳内，然而当她做出反应的时候却显然已经来不及了，少年踩着的脚踏车便与她相撞了。

在他们的身后则响起了刺耳的警笛声，更是让她目瞪口呆。

第二章　承受心酸回应沉默

一

苏沛菡发誓，这是她第一次有想要冲上去掐死他的想法。

看着自己满身都是泥土不说，更可气的是她居然跟着林伟天一起进入了警察局接受调查，被抓的原因无非就是他又随地摆摊。

“说吧，你们是交钱走人，还是接受关押三天？”这是警察第三次跑来询问室里询问，这次的口吻里多了几分不耐烦。

苏沛菡长这么大，第一次进警察局，在她的认知里，警察是一种十分恐怖的生物，回想起看过的警匪电视剧，警察甚至还会拷打嫌疑犯，这让她越想越恐怖，忍不住地拉了拉他湿漉漉的衣袖，在他耳旁低声说着：“要不然……我们交钱走人吧，这种鬼地方，我实在待不下去了。”更何况，本来就没有她什么事情。

可是倔强的少年却不肯交钱，反而对警察说：“关就关，我一学生哪里有那么多的钱？”

警察带着几分讽刺的意味，对着林伟天竖起了大拇指，笑着说："有魄力，我就是喜欢现在年轻人身上的这股劲儿，那你就进去吧。"说着指了指关押的大门口处，用眼神也同时表示着，赶紧进去。

"喂，你至于吗，交罚款也就几百，光你赚的钱都够了，你又不是缺钱。"被学校传言的大公子，哪里像缺这几百块钱的人？

林伟天没有说话，径直就要走到关押门口处，也没有回头看向苏沛菡，可是苏沛菡不想进去啊，她立马冲着警察就吼："我替他交，我们交钱！"

从警察局走出来的时候，外面的大雨早就停歇了，空气中到处都有芬芳的泥土香气，也带着些初夏的热气，一股脑地扑面而来，习惯了警察局里的空调冷风，一走出来，让苏沛菡浑身都不舒服。

身上的衣服尚未干，头发还滴着少许的水珠，脸上和衣服上都带着泥土的污垢，活像是从贫民窑里出来的，苏沛菡第一次这么丢人地和他一起走在大街上，她用余光瞥了他一眼，纵然她再喜欢他，心里的怒气也压不住了，伸开手就推了他肩一下，力度倒也不大："你疯了吧，那种鬼地方你居然还想待，你家不是有钱吗，还需要我一个弱女子帮你出钱吗。"

林伟天也抬起满是泥土的脸，盯着她说："我又没让你掏钱。"

"你！"

"行啦，钱以后还你，我现在很着急用钱的。"他似乎有些不太耐烦地回应着。

苏沛菡停止前进的脚步，拉着他的衣袖问着："你们家不是很有钱吗……为什么你还要这么做？”

林伟天叹了口气，用双手扶着她的肩膀，他们的举动是如此的暧昧，可是却让苏沛菡很是受用，苏沛菡紧盯着他漂亮的双眸，似乎想要从他的口中得到一些她想要的答案。

果然没有让苏沛菡失望，林伟天继续说着：“我不喜欢我的父母，他们给我的钱，我一分都不想用。”

“从小到大，他们都喜欢拿我和哥哥比，他什么都比我好，而我做再多的努力都比不过他一分一毫，去年和他们有过一次激烈地争吵，我便从家里搬了出来……”他说到这里的时候，眼眸忽然暗沉了下来，继而说着：“不，那不是家，我是从他们的牢房中逃了出来，他们也会给我打钱到卡里，可是我一分都没有动过……”

“原来，你还有一个哥哥……”苏沛菡喃喃低语着，却没成想到，被他听了去。

“有啊，和我同岁，只不过比我先出生几秒而已。”

苏沛菡点点头，忽然就笑了一下，他的性子还真是倔强，有的时候还真想认识一下他的哥哥，看看脾气是不是也是如此相同。

“大学准备考哪里？”苏沛菡故意地问道。

林伟天忽然转过身来朝她微微一笑，那种阳光明媚的笑容，让苏沛菡的心里顿时觉得暖暖的，还带着几分安全感，苏沛菡从来都没有对他说过，你的笑是如此动人，即便是几年之后和他在一起，她也不肯说出这么肉麻的话。

“保密。”

苏沛菡还沉浸在他明媚的笑容上，然而当她听见保密二字的时候，她的笑容一下便在嘴角边上凝固了。

等苏沛菡想要追上去殴打他一顿的时候，他便早就逃之夭夭了，等他跑了一段距离后，苏沛菡似乎是看到他用两双手做出扩音器的状态对着她的方向大声喊着："今天谢谢你，还有，有缘再见啦。"

这是苏沛菡第一次赢得他的信任，也是第一次，他和外人说出了很多心里话，在一个无处可发泄的时候，他遇到了她。

时间相遇刚刚好，假若真爱是彼此。

二

高考的日子总是来得那么快，大家都认为，似乎前一天还在课堂上上课睡觉，和同桌打闹的玩，看着一些好学生认真学习的模样，看着黑板上的倒计时，一转眼间，他们便拿着各自的透明文具袋子，走进人生中第一重大门。

苏沛菡和夏曼曼很可惜没有被分配到同一个考场中，苏沛菡分到了市中心的一所重点大学中进行考试，而夏曼曼则是分到郊区外的一所中学进行考试，在进考场之前，夏曼曼用手机打给苏沛菡，她依然是叽叽喳喳地说个不停，纵然是高考这么严肃的气氛都抵不过她躁动的心："苏沛菡！我们马上就要开始高考了。"

苏沛菡听着她快言快语，一边点着头，一边从嗓子眼里冒出一声低沉的嗯。

"我们都要加油，我们要一起上大学！"夏曼曼说完这句话的时候，从他们彼此的空间里，都听到一声尖锐的打铃声，意味着考试即将开始，校门开始打开，进行安检进入考场中。

"苏苏，加油！"当夏曼曼说完这一句话的时候，才肯挂掉苏沛菡的电话，苏沛菡一边进入人群中排队入场，一边盯着已经黑屏的手机笑出了声。

他们在学校填写高考志愿表的时候，双方便就商量好，要去哪里上学，夏曼曼坚定的要去A城的一所一本大学念书，吓得苏沛菡当场险些把志愿表捏碎揉烂，凭他们的成绩，是不可能轻易进去的。

可是现实是这样又如何，当夏曼曼写下大学名字的时候，意味着苏沛菡也要跟着填上去，当表格交给班主任手中的时候，她似乎看到班主任脸上笑得有些抽搐，语气满是讽刺："你们两个还真是复制粘贴上来的呀。"

检查到苏沛菡的时候，苏沛菡赶紧将那些不堪的画面都一一从脑海中清空，当检查员说没问题的时候，苏沛菡才顺利进入考场，她跑到中央去找指示牌的时候，她却惊讶地发现了林伟填的存在。

"林伟填？林伟填！"从疑惑到确认，苏沛菡尖叫不已，一改往日淑女的形象，不顾穿着长裙，加速地跑到他的身边，气喘吁吁地说着："还真的是你，我们还真是有缘呢。"

林伟填只是轻轻扫她一眼，便一言不发地从她的身边走了过去，继续向前走着，被人这样的无视，倒是让苏沛菡心里的倔强劲儿又犯了上来，继续跑到他的身边说着："你在几号教室呀，准备考哪所大学呀？"

林伟填继续无视她的存在，只有苏沛菡一个劲地说着，直到进入教室的时候，她便被监考老师拦了下来："同学，请出示你的证件。"

苏沛菡连忙将考试证件递给监考老师，监考老师疑惑地开口说道："同学你走错了，赶紧去楼上吧，马上就要考试了。"

“啊？”苏沛菡连忙接过监考老师手中的考试证件，仔细地看了看，而后退出教室的门，看了看教室门口上标记的数字，这才发现她一股脑地跟着林伟填走，却浑然忘记自己上来是干什么的了，于是连忙跟监考老师说了声抱歉，便从考场中退了出来，而在她离开之前，她看了林伟填最后一眼，就是那一眼，却被苏沛菡捕捉到一些信息。

因为，在苏沛菡看向他的同时，林伟填也默默地在关注着她，而后，从他的嘴唇上发出两个口型：白痴。

苏沛菡头脑的血液开始迅速倒流，碍于她知道林伟填在白天就开始精神分裂夜晚才会正常的情况下，她才不想和他计较，转身便就走，慢悠悠地踏入属于她的教室之中。

当她坐在考场位置上的时候，一束阳光正好刺进她的眼中，她条件反射下地用左手遮挡住了刺眼的阳光，想了想，而后便放下，初夏的阳光是温暖过了头，炽热到她的皮肤上有点淡淡的疼。

可是抵挡不足她今天心情好，考试第一天遇到了林伟填，甚至和他在一所学校里进行高考，在同一片空间里呼吸着同一片的氧气，光是想想就让人精神焕发。

直到看到试卷上的内容之时，她才撇撇嘴，闷闷不乐地想，即便林伟填和她一起高考又怎样，原来始终都抵不过高考烦躁的心。

三

文科是她拿手的项目，除了文科之外，理科简直考得一塌糊涂，交卷走出考场的时候她仰头呼出一口热气，这一场看不见硝烟的战争终于结束了。

苏沛菡下意识地就准备打电话告诉夏曼曼，她掏出手机盯着黑屏的手机，心里默默数了三位数，原本黑屏的手机忽然就亮了，手机屏幕上显示的名字是最熟悉不过的，滑动了绿色的接听按钮后，还没等她先开口，电话那头夏曼曼兴奋地说着："苏苏你站着别动，我现在准备去你的考场，咱俩一起庆祝一下。"

"有什么可庆祝的？"苏沛菡笑道，这才刚考完不说，成绩都还没有出来呢。

"这破考试纠结了我快三年，终于摆脱了，先不管成绩如何，咱俩先出来浪漫一下。"夏曼曼手握着手机，声音略带几分激动。

"好，我知道了。"

苏沛菡站在考场门外，左顾右盼着，其实她的心里还是有几分牵挂，她想到他的出现，哪怕是默默看一会儿也好，只是，苏沛菡站在这里十分钟了，都没有看到他的身影，就在她要放弃的时候，他却忽然地出现在她的视线之内。

他站在马路对面，或许是感觉到有一束强烈的目光在打量着他，林伟填十分敏捷地找到了她，两个人隔着一条马路相对凝视，颇有几分暧昧。

然而一辆公共汽车正好将他们挡住，恰好这个时候，夏曼曼站在对面挥舞着小手冲着她大喊："苏苏，我来啦。"

苏沛菡点头示意，公交车从她眼前开过，却再也没了他的身影，她恍然失神了几秒，被夏曼曼所打断思绪："怎么了，看你的眼神是遇到熟人了吗？"说着，也顺着她的目光四处寻找。

苏沛菡摇摇头，笑着说："没什么。"

"你是不是考试考坏了？一天不见面，你就像是霜打了的茄子。"

“真的没什么，只是想到自己考的不如意心里就比较烦躁。”苏沛菡随便找了一个借口来堵住她的各种疑问。

“嚯，我还以为什么呢，即便考不上，以你的家境来说，塞几个小钱就能进的。”夏曼曼挽着她的手一步一步地向前走着，走的方向是他们即将要去的老地方——各式各样的小吃街。

苏沛菡听到她这么一说也只是点点头，其实苏沛菡很讨厌别人这么说她，从小到大，她的家境就成为许多人羡慕的对象，不管在什么时间，什么场地，发生了什么事情，即便她再怎么努力，在别人的眼里，她就是那种花花小钱就可以为所欲为的人。因此，她所做的努力便就被别人轻而易举的一句话打得支离破碎，有些时候她也曾想过这样的问题，为什么要继续努力，为什么不按照外人所说的话去做呢，然而骄傲的自尊心时刻都会提醒她，那是不可以的事情。

所以，今天夏曼曼这么说她，若不是她当夏曼曼是好闺蜜，她早就翻脸了。

到了小吃街，夏曼曼找了一个位置便让苏沛菡坐了下来，然后她跑来跑去的去找好多吃的，大多数都是他们两个人都共同喜欢吃的食物。

“为了我们美好的明天，干杯！”夏曼曼拿起鸡尾酒便大口大口地喝了下去，将这一天的酷暑和不爽统统都发泄了出去，让人好不自在。

苏沛菡被她这股力量也深深地感染了，也学着她将鸡尾酒大口大口地往下吞，可是依然被少量的酒精刺激到，咳嗽不已。

“苏大小姐，你真的要好好学学怎么喝酒了，不然你以后怎么去做商务谈判，就这么点酒精你都不敢沾……”夏曼曼撇撇嘴笑道。

苏沛菡的职业愿望，就是想要当上社会主流的精英，能够陪着老总一起去谈很多事情，签订很多合同，成为上流社会的“白骨精”，只是现在看看自己，还真是不太适合干这行吧。

“咳……原谅我吧，我家教有多严你应该是知道的，我还担心这玩意会不会在身上留下味道呢。”

“毕业了你爸妈还不放过你啊，都是准备上大学的人了。”

“我妈还不允许我早恋呢。”

“你有喜欢的人了？”

被夏曼曼忽然问道，苏沛菡的脸上心虚般地红了起来，她只是没想到，夏曼曼会猜的这么准，想要扯开话题，才发现她的脑海里都是空空的，没有任何反击的能力，只能闭着嘴不说话，却换来夏曼曼一场腥风血雨的追问，苏沛菡实在扛不住压力，只是透露了一些：“嗯……算不上喜欢吧，只是觉得对他有好感，他脾气臭了点，大脑有严重的精神分裂，成绩很好，就在我们俩即将要考的大学里。”这透露出的信息，绝对够多了。

按照夏曼曼的脾气，她会追问下去，或者激动地指着她的鼻子大骂一通，然后再在她的面前哭一哭，说一些什么要抛弃她的话，然而没想到的是，却只换来夏曼曼轻描淡写的一句哦。

四

“你呢？”苏沛菡反应过来自己被她套了话，现在才想起还击。

夏曼曼摇摇头，可是却又点点头，想了许久，才缓缓开口道：“我……的确喜欢一个人，不过我总感觉他太遥不可及。”

“论家世，我比不过他，论才华，我比不过他，论长相，我更比不过他，他像天上的神仙一样，受着众人的追捧，无论是老师，还是学生，甚至是整个学校的校长，似乎都要给他一些面子，我喜欢他三年，从高一喜欢到了毕业，我幻想过能够在校园里和他发生点什么事情，可是到现在，什么都没有发生，甚至觉得自己太当一回事儿了。”夏曼曼越说越丧气，到最后反而是什么都不想说，只是低着头一个劲地喝着手里的果酒，大概是觉得不够给劲，便又跑去买了一瓶啤酒打开来喝，活像一个女汉子。

现在这个年头，人人都拿女汉子一词作为坚强独立的新一代女性的代表，可是殊不知，若有一个可以依赖的肩膀，谁又想当这样的女汉子。

苏沛菡看着夏曼曼为情所伤，在这一刻还是比较心疼，从前对于苏沛菡来说，爱情是个什么东西，不能吃也不能喝，更没法当衣服来穿，可是当自己有喜欢的人的时候，才发现这是无可比拟的事情。

苏沛菡眼睁睁地看着夏曼曼喝的微醺，劝也劝不住，终于等她喝醉之后，苏沛菡才准备将已经熟睡的人儿扛回家。

可是老天似乎总是喜欢和她作对，无论在什么场合上，苏沛菡总是无法在最美丽的时刻遇到林伟填，可是却总是能够在她最无助最狼狈的时候遇上他，就如现在，林伟填正慢悠悠地朝着她的方向走来。

苏沛菡扛着夏曼曼忍不住往后倒退几步，然而就在她准备逃离这里之时，却被他先开了口：“还真是中国好闺蜜，你一个人扛得动么？”

语气高傲到极点，冰冷的态度像是对某种生物的漠不关心，苏沛菡背对着他，心里纵然有许多温情的话，在这一刻都被他的冷漠所打败，只得冷冷地回应："不用你管。"

林伟填没有想到她会说出这样的话，眉头瞬间皱起，恍然觉得，这样的苏沛菡，根本不像她，今天早上她还叽叽喳喳地来问他考试如何，晚上就变得如此冷漠，让林伟填心里有一股莫名的火气发泄不出来，对着她越来越远的背影怒吼："鬼才管你。"

"那真是谢谢你了。"苏沛菡还不忘在远处飘来这么一句话，直到上了车，苏沛菡才敢回过头去看越来越远的他，而后终于忍不住懊恼的想对自己狠狠地抽一巴掌，真不知道刚刚自己是借了几个胆子，敢这么对他说话，可是喜欢一个人并不代表要将整个尊严都磨灭掉啊，苏沛菡撇撇嘴，只求在他的印象中不要再扣分了。

黑色的车子跟随着黄色的出租车一路跟来目的地，那可能是苏沛菡的家，也可能是夏曼曼的家，不过更偏向于夏曼曼，学校的风言风语林伟填并不是没有听说过，苏沛菡的家中若真的像学校里的传言说的那样有钱有势，怎么可能会住在这样一栋非常老旧的房子里呢？

林伟填仔细地打量着这套房子，这套房子看上去已经建立有十几年的样子了，在风雨中显得摇摇欲坠，墙壁上被一层漆黑的痕迹抹过，这栋楼房看样子曾经发生过一场大火，大火蔓延到三楼，让这漆黑的炭黑为这栋房子增添了几分可悲感。

而后，事实证明林伟填的猜想是对的，林伟填在楼下等了没有超过五分钟的样子，便看着苏沛菡提着包从楼道之中出现，苏沛菡打开刚才那辆出租车的门，像是感应到了什么，苏沛菡忽然将视线扭转过来看向林伟填的方向，惊得他并不敢有很大的动作，直到等苏沛菡离去，林伟填才敢发动车子跟随而上。

直到看到苏沛菡最终安全地停靠在一条非常热闹喧哗的马路上，林伟填的心里才微微放心。

原本和她大吵过一架之后，林伟填心里应该是十分的不爽，可是终究对她放心不下，便一路开车跟着她，内心里一直担心她的安危，现在的世道并没有多安全，两个女孩子喝的微醺，总是会让人不怎么放心，只是当林伟填意识到心里的异样之时，他已经来不及掉转回头了。

林伟填第一次动怒是这么的激动，好像只要有苏沛菡出现在他的身边，他总是那么轻易地动怒，越发不可收拾，他狠狠地将手砸在方向盘上，而后开车扬长离去。

五

这条街依然繁花似锦，可是并没有真正的到苏沛菡的家。

苏沛菡选择将车停靠在这里，是因为这条街道曾经为他们制造过许多欢乐的时光，比如第一次的相遇，第一次的被抓，第一次一同逃跑，第一次一起淋雨……这些美好的画面，都是苏沛菡恋恋不舍的，回想起几个小时之前，苏沛菡第一次与他发生争吵，虽说只是不太过分的斗斗嘴皮子，但这对她心里来说也是十分的难过，她坐在车里的时候，想了一路，会不会在他心里画上一个句号，对她整个人的印象态度都扣了许多的分，乃至负分？

暗恋一个人总归心里是忐忑的，与他发生了争吵，所有的错都希望是自己的，可是殊不知自己才是被伤害最深的那个人。

只是当初的苏沛菡不懂爱情，她只是一味地觉得，只要我对他好，只要我把错都揽下，他会不会就会多看自己几眼？

当出租车经过这条街景之时，苏沛菡便急忙对司机喊停，而后独自行走在这条充满温馨回忆的大街上。

只是今天，熟悉的摊位上却没看到熟悉的人出现在她的眼前，她忽然有些失了魂一般地蹲在这片小地方上，看着街上的人来人往。

或许，我在他的心里也是如街上行人一般的过客吧。苏沛菡撇着嘴想了想，而后起身离开，满是心事地漫步到家中。

暗恋一个人的心酸谁会回应她的沉默呢？

终于到放榜的那天，苏沛菡拉着夏曼曼的小手一路兴奋地跑向放榜区内去查看自己的成绩，出乎意料的结果，让苏沛菡险些激动地哭出声音来，她万万没有想到的是自己正好过考试录取线，她拿着手中的考试成绩纸条挥动着手臂兴奋地尖叫着：“夏夏，我考过了，我们可以一起去上大学了！”

夏曼曼抬起头的那一刻，苏沛菡手中的成绩纸条险些没有拿稳而被风吹走，夏曼曼满面都是泪水，眼眶肿得通红，千言万语堵在胸口却怎么都无法说出来，只能将成绩单拿给苏沛菡过目，苏沛菡将最终总分看了一眼，只感觉到脑海中轰的一声炸了开来，她明明只差两分就可以被录取的啊……

“怎么办……我上不了大学了……”夏曼曼带着抽搐的嗓音沙哑地开口求救，苏沛菡则是望着手中的成绩单无法开口安慰，过了半个小时左右，等着夏曼曼哭完，苏沛菡才悠然地开口：“你放心，我会有办法的。”

正如苏沛菡所说的，她的确是有办法来改变夏曼曼的命运，只是要她牺牲的代价太大，大到让苏沛菡有些不得不想去如何才能避免这件不必要的事情发生，可是当她将这些话放在父亲大人面前的时候，父亲却只简单地说了一句话便让苏沛菡崩溃：“想让你朋友上大学，除非你以后的人生路程愿意听从我的安排。”

这是从小到大，父亲说过最多的一次话，在她的印象里，父亲一直都很喜欢安排她的命运，仿佛从出生的那一刻开始，她的命运便不由她自己掌握，而是被父亲一直掌握着，小学到高中，父亲要求的便是要让她考某一所重点学校，即便考不上也会想办法把她塞进去，直到这一次大学考试，若不是背着父亲填报了国内的志愿，现在她的人，恐怕早就飞往国外去了。

“代价是什么？”

父亲将眼镜微微提了提，口吻中并没有商量的态度：“大学毕业后，去英国接管家族企业。”

看吧，苏沛菡一生的命运，都在父亲的手中，只需要他开一开口，动一动手，她就如同傀儡般地跟着他的意向去做，直到他露出难得满意的微笑。

第三章 不是故意

一

九月，苏沛菡和夏曼曼最终还是如愿以偿地进了校园大学的门，不过夏曼曼拿着的名额，却是苏沛菡的父亲打通关系而来的保送名额。

而夏曼曼站在学校门前，却发了呆，没有想到，大学生涯便即将要开始了。

苏沛菡看着发愣的夏曼曼，轻轻地推了推她的肩膀，疑问着："你怎么啦？"

"没什么，只是感慨一下，我们就这样步入了大学校门。"夏曼曼连忙将脸上表现出的不好情绪掩盖到底，完全没有察觉到苏沛菡那一抹疑问的目光跟随着她。

被夏曼曼这么一感慨，自己心里也有点泛酸，从高中开始，她努力了那么久考入大学，只是想证明自己实力并不差，然而终于熬出了头，她也只是希望，大学的生活可以过得平凡一点，再平凡一点。

苏沛菡和夏曼曼办理好了入学手续后便分道扬镳，因为报的专业不同，因此他们所分的住所也不在一个地方，苏沛菡和夏曼曼二人约好，将行李收拾好之后，中午十二点就到学校的餐厅汇合。

苏沛菡距离自己的住所并不远，走几分钟便就到了，因为是第一次与新同学相见，想想内心还是颇有些激动，按捺住心里的悸动，她轻轻地敲了敲门，然而却并没有人来开，站在门口思索了好一番，还是用手掌将门轻轻地推开，只是没想到，第一次与新同学们的相见方式却是如此的独特。

在苏沛菡还没反应过来的时候，放在门口上的一盆冷水便哗啦啦的浇了她满身，狼狈而又不解的模样盯着搞恶作剧的三位同学，只见他们每个人都是浑身湿透了，哈哈大笑起来，与她一样的狼狈。

苏沛菡在没有发脾气之前，便有一名齐耳短发的女生跑了过来，与她“握手言和”道：“欢迎你，这是我们寝室独有的欢迎仪式，你看，我们每个人都跟你一样的被耍过。”

苏沛菡思考半天，在确定她的手掌心里没有任何东西后，她才肯放心地将手送到她的手中，轻轻地握了握手，而后才恢复往日的笑容道：“我叫苏沛菡，以后请多多关照。”

当她做出自我介绍的时候，在场所有人都微微一愣，有的反应比较快，嘴巴一不小心便说了出来：“原来你就是苏沛菡啊……”

“你们……认识我？”

她们齐点头，齐耳短发的少女胆子比较大，连连解释着：“其实你在这个城市里就很出名了，家境不错而且更有关于你的流言蜚语，不过那都是旧闻，我们现在只关心当下，你只要不做出有损寝室颜面的事情我们也都会容忍你的，毕竟，学校的每次寝室流动红旗，我们还是都很想拿到的，这可是关于学分的事情。”

关于学分，在好的学校里随处都能听见这样的话，好的大学不管是什么管理得都很严格，甚至寝室的干净与否都会与学分相挂钩，大到班级，小到寝室。因此，在这种环境里上学的学生通常都会很累，因为学分一旦扣完，就代表你不得不从学校里被开除出去。

苏沛菡皱着眉头并没有说什么，只是将行李归置好之后，换上一身干净的衣服便就出了门，她并没有想到，自己无论身在何处，那些让人反感的流言蜚语总是缠绕在她的身边，可是奇怪的是，她并没有做错什么。

还尚未开学便就被寝室里的同学所警告，看来这一学年，无论自己再怎么想要风平浪静，恐怕却也只是树欲静而风不止的状态了。

二

早已在学校餐厅内久等的夏曼曼，终于沉不住气地准备掏出电话来询问苏沛菡的情况，只是电话还未接通，便听见老远处有熟悉的刺耳声音向她传来，一抬头，便是看着苏沛菡急匆匆地跑着，一头黑直长发凌乱地随风飘扬，她却一点也不顾及自己的形象。

夏曼曼忽然很不想认识她，伸手便想去帮她捋捋头发，却发现头发湿淋淋的，打趣地说：“合着你还在寝室里洗澡了么。”

被夏曼曼这么一说，苏沛菡的眉头皱得更深，阴阳怪气地说着：“被逼洗了个冷水澡。”

“被逼？”夏曼曼满脸不解地看着她，等待着她的解释。

苏沛菡一想起来心里满是不爽，但具体的不爽却不是被莫名其妙的泼水，而是被寝室的人所警告，或许他们是善意的，可是却恰恰戳中了她的自尊心。苏沛菡仔细思索一番之后还是决定将这样的事情掩盖起来，一方面是希望能够让夏曼曼安心念书，另一方面则是希望谣言到此为止吧。

“没什么，就是洗澡的时候忽然没了热水。”转换了平静的心情之后，苏沛菡带着略有些尴尬的笑意看着夏曼曼。

夏曼曼这人倒也不爱猜想那么多，苏沛菡说是什么，夏曼曼便也就默认罢了。

午饭过后，二人悠闲地逛着大学校园，想到四年之内这里都要充满着她们二人的回忆，想想内心里总是有一股气压抑着心里的激动，或许是为了迎接新的环境和生活的转变，她们每个人都抱着对未来生活美好的憧憬。

不知不觉间便散步到操场上，正是中午休息时间，按照往常人们都巴不得回寝室美美地睡上一觉，可是今天这里却显得格外热闹，桌子上摆成一排排，整整齐齐，各自桌子的前方都贴着一张巨大的宣传海报，凑近一看才得知，原来是新的一学年，各个社团都在招新，尤其是新生入学，每个学校的社团每年因为人数问题而大打出手。

苏沛菡还未反应过来的时候，夏曼曼便先跑到拥挤的人群中抽出一些社团招人信息单子递在苏沛菡的手中，苏沛菡看着单子愣了一会儿神，便问着：“必须每个人都要参加吗？”

“是啊，大学参加社团，若是获奖或者评比都是能拿学分的，学分一旦够了的话，说不定还有机会得到保送出国留学的名额呢。”夏曼曼一边回答着，一边仔细地看着社团招新的单子。

过了许久，夏曼曼终于在茫茫社团之中选定了一个——舞蹈社。

夏曼曼从小到大学舞蹈，她选舞蹈社也是应该的，可是对于苏沛菡这种从小不爱运动的人来说，别说舞蹈社，如果有一个走路社的话，她都不一定想去参加。

苏沛菡犹豫不决，脑海里却忽然蹦出他的身影，想着，便自己挤到人群堆里仔细地挑选几张招新信息看，结果到最后，她手上一张招新单子都没有。

因为她想要和他同在一个社团下活动，虽然她知道自己没可能入他法眼，可是只要离他近一点，她的心里就会安定很多。

不知不觉间便又发呆了许久，她最终还是什么社团也没有报名，只能等着看着他怎么报，自己再安排。

然而夏曼曼是一刻也等不及，早早地就跑到前面登记签字交会费，她又连忙跑到社团会议室里去开会，等到一切忙完之后，太阳早已落山了。

三

夏曼曼抱歉地看着苏沛菡，可以说一下午的时间都是苏沛菡一直跟着夏曼曼的屁股后面追，而苏沛菡却也不急，只当做悠闲地散步罢了。

晚饭过后，夏曼曼与苏沛菡便就在餐厅门口前分了手，看着夏曼曼渐渐离去的背影，苏沛菡这才慢慢挪动步伐朝着回去的方向走着，走到一条林荫小道上的时候，却在老远处就看到有一辆开着远光灯的轿车停着，由于林荫小道比较黑，旁边也没有路灯，以为车要经过，便乖乖地靠在一旁站了许久，却也没见车要行驶过来的迹象，疑惑间，苏沛菡继续向前走着，离那辆车越来越近的时候，苏沛菡这才明白他们为何停在这里。

原来是家长和新生刚到校报到，却不知道为何他们此刻停在这里争吵起来。

苏沛菡本身并没有将此事放在心上，只知道这里是是非之地，早些离开最好，便加快步伐走着，只是余光间，她忽然觉得这辆车子异常的熟悉。

当初记得她送夏曼曼醉酒回家的时候，从楼栋里走出来，第一眼便看到的就是这辆刺眼的车停靠在门前，她曾有过怀疑，毕竟夏曼曼的家并不是什么高档公寓，能开得起这样车子的人想必是有钱人家，当然她也并未放在心上。

她的好奇心从心里引了出来，不禁站在他们的旁边看着这辆车发呆，静静地思索着什么。

她也不知道他们之间的争吵是什么时候停止的，只知道当她回过神的时候，一张英俊的脸庞便出现在她眼前，让她忍不住向后退了几步，被人抓包的心态让她感到有些尴尬，她也没来得及思索这个人是谁，只知道当务之急是要逃跑，只是才跑了几步路，就被一只有力的手握住了她的手腕，将她拖了回去。

“那个……不好意思啊我不是故意要偷听你们的说话，我只是感觉你们很眼熟……喂，你放开啊。”不管苏沛菡再怎么解释，他好像都没有听见，直到将她拉到一名傲美女子面前才肯松手。

男人的身躯直逼着她，根本就没有空隙让她溜走。

苏沛菡第一次见到林伟天的姐姐的时候，脑子里第一反应的名词就是傲与美，她穿着一袭火红色的长裙，背后的深 V 流露出她性感的身材，她的眼神高傲无比，艳红的双唇渐行渐缓地吐出一丝丝烟圈，周围弥漫着淡淡的薄荷香气的烟味，竟然不会让她感觉到任何厌烦。

或许这就是美女与普通人的区别，抽烟这等不美好的事情，在她的身上竟然能流露出美好的模样。

“这就是你所谓的女朋友？”林伟天的姐姐的说话语气有几分轻蔑，她抽完一口烟之后，便丢掉了烟头，手指上还带着少许的烟味，美美的指甲轻轻勾起苏沛菡的下巴，笑道：“老弟，你口味不是一般的重。”

“你的废话挺多，这是我自己的事情，麻烦你以后不要再逼我去我不喜欢的地方。”

美女姐姐皱着眉头，能够看得出她一直在强压着火气：“我就纳闷了，国外那么多好的学校，那么多美女你不要，待在一个小城市里你能有什么作为。”

苏沛菡听着他们你一句我一句的争吵，仿佛没完没了，让她的头有些微微的疼，看样子，林伟天是把自己当成了姐姐的挡箭牌。

“呵呵，姐，爹妈是不是让你来赶我去了国外，这样家里的财产就可以给你和哥哥瓜分？我告诉你，我不稀罕。”

“啪”的一声闷响，苏沛菡反应过来的时候，那重重的一巴掌早已落在了他的脸上，瞬间，他的左半侧脸红红肿肿。

这一切都发生得有些太快，苏沛菡只得挡在林伟天的面前说着：“姐姐，你怎么可以下这么重的手，他毕竟是你弟弟。”

四

“弟弟？”她狠狠地将第二根烟头丢在地面上，红色的高跟鞋狠狠地将火星踩灭，盯着苏沛菡苍白的脸颊说着：“我真希望他不是。”

语毕，她便再也不看林伟天一眼，开着他身后的那辆红色法拉利扬长而去，蓦然间，周围死寂一般。

良久过后，是他先打破这寂静，他看着苏沛菡的脸，轻轻地扯出几分微笑道：“愿不愿意陪我逛逛。”

苏沛菡原以为是陪他逛校园，便点头答应，可是见他将她送往车上的时候她便后悔了，因为林伟天此刻开车的速度已经超过她能承受的范围，她连窗外的模样都看不清，只能隐约间看到烛光灯火的高楼大厦正在迅速地向后倒退，她怕胃部难过，便扭过头看着他的侧脸，欣赏起来，即便他的脸被打得有些红肿，可是英俊的模样却让人忍俊不禁地想亲一下。

亲一下……

苏沛菡摇摇头将杂念清空，再次看着他的侧脸之时，已经完全无念想，无意间看到他的耳垂上方有一颗小小的痣，听爷爷说起过，耳垂上有痣的人将来有福气，也不知是真是假。

苏沛菡想，如果他的开车速度再不慢下来的话，那么她吐在他昂贵的车里也不能怪她，就在她的胃部更加翻涌之时，车忽然停了下来，她惯性的向前撞，所幸安全带够牢固，将她死死地固定在座椅上。

当脚踩在凹凸不平的地面的时候，她悬着的心忽然就落了下来，她在车里曾一度以为自己再也没有机会踏在这片土地上了。

不过，他到底把车开到了哪里？环顾四周，她发现从来都没有来过这里。

这明显是一个地势较平的山坡上，从这里能给看到这座城市的全景，万家灯火，高楼大厦，一一都印刻在她眼里，在她脑海里，久久不能忘记。

秋意渐冷，A城到底和C城还是有很多不一样，初秋的天，比起在C城，A城将秋天的气温表现得淋漓尽致，尤其是站在山坡上，气温会更低，一阵微风吹起她的发丝，让她感觉到一阵阵的寒意。

她转过身看向他，只见他从车的后备厢里拿出两瓶啤酒，一瓶放在她的手上，而后打开，示意着说："要不要喝喝试试看。"

看得出他的心情十分不好，向来滴酒不沾的苏沛菡却打破了自己的坚持，拿起酒瓶就往嘴里灌，尽管啤酒的酒精含量很低，可她还是被呛个半死。

他哈哈大笑，这一瞬间，让他觉得，此刻眼前的小姑娘是如此的可爱，却也不想带坏她，便将她的酒瓶抢了过来，抬头就是一口啤酒下肚，这反而让苏沛菡不好意思。

传说中的间接接吻，却让她遇上了，还是她最喜欢的人。

心里的一个位置嘭嘭嘭地不停在跳动，越来越快，快到让她的头有些微微眩晕，传说中的幸福感来得如此之快，让她措手不及。

他一下子就坐在了山坡上，目光一直看向远处，不再说话，苏沛菡也想豪爽地坐下来陪着他一起看夜景，谈人生和理想，可是她穿的裙子却在告诉她这样的动作十分的不可以，就这样，一个坐在地面上，抱着酒瓶时不时地喝着，一个站在他面前，被秋风吹得瑟瑟发抖，却还要面露出开心的笑容陪着他一起看着夜景。

喜欢上一个人大概就是如此，明明心里不爽得很，却在他的面前还是要流露出很美好的模样。

过了良久，他才想起她的存在，看着她环抱着胸，用自己的体温取暖的时候，便忍不住将自己的外套脱下来套在她的身上，笑着问："我出神那么久，为什么不问问我。"

苏沛菡愣了好一会儿，终于，等熟悉了他衣服上的气息后才回答："我……不知道该问你什么，如果你想说，自然会给我说。"

他盯着苏沛菡许久，盯着她浑身上下都很不舒服，终于在被他盯着很难熬的时候，她才问了一个看似深奥的问题："你的车从哪里买的……很漂亮。"

"就这个？"他不禁疑惑。

苏沛菡点点头。

"自己买的。"

"可是……"可是这辆车价值不菲啊，苏沛菡侧着头看着他，眼中仍带着疑惑。

扑哧——林伟填终于被她逗笑了，他也明白她想问的是什么，也只得老实地告诉她："我爸爸妈妈给我买的，但也算是我买的，因为早在很久之前，这辆车的钱就已经全部还清了，我并不欠他们的。"

"呵呵，连车子的颜色、品牌都和他们的一模一样，也只有在这个时候我才能感觉到，哦，原来我也是他们中的一分子。"他的口吻里，居然带着几分绝望。

五

听他这么说自己的父母，苏沛菡有着强烈的预感，他之前的生活并不愉快和幸福。其实在苏沛菡第一次见到他的时候，他拼命地在街道上拉拢客人，甚至不怕城管来袭，依然每天坚持在那个位置上摆摊，苏沛菡有想过他的家境不好，可是当一辆价值不菲的车停在她面前的时候，她否决了自己的想法，开始渐渐猜不透他。

他的周围笼罩着一层又一层的迷雾，然而她却想要在这一层层迷雾之中寻找到他的真身，这样大胆的猜想，让她不经意间更为困扰。

“可以给我说说，关于你的故事吗？”苏沛菡发誓，这是她第一次对他这么大胆。

“我能有什么故事，我很简单，我的父母不爱我，因为他们觉得我只是个登徒浪子，不是他们心中所选的人，他们认为姐姐和哥哥才是真正能给为家族带来利益的人，所以从小到大我并不受宠，我拼命想办法赚钱，包括你第一次认识我时拉着你买所谓的玉坠，不过都只是我谋生的手段而已，我不想欠他们的，他们也别想欠我的。”

“你也只需要知道一点就好，我并没有所谓的爸爸妈妈，即便他们生下我，却没有对我尽到为人父母该有的爱和职责，说来也真是可笑，从小到大，我的家长会都是姐姐去的。”

苏沛菡听到这些，更多的是惊讶，却也不好意思去评论他家的事情，毕竟，她还只是一个外人，没资格去批评他的家人。

而她，只不过是心疼眼前她所喜欢的人，白天要装高贵冷艳，夜晚独自舔舐伤口，就像是一只困在牢笼里的神兽，只有在白天才风光无限，夜间回到笼子里，才能体会到自己身上的痛。

“那你之所以要考这所学校是因为……”苏沛菡内心其实猜想得差不多了，但还是想听听他真实的想法。

“对，这个问题问得好，我哥哥他也在这里，只不过专业不同，校区不一样，但只要考到这里，就证明我有很多机会能够超越他。”

“你还有什么问题吗？”看到苏沛菡又看着自己发呆的模样，他反而忍不住地问。

苏沛菡原本想摇摇头，并没有什么东西可问，可是当她余光看到车子的时候，还是问出了话：“你是不是曾经到过 XX 小区？”

“好像是 C 城的小区名？”

苏沛菡点点头。

他思索了一番，而后说着：“没有，我那边没有朋友，从来不会去。”

苏沛菡的心里微微放下，看来只不过是撞车罢了。

“林伟填，我们回去吧，以后你要是难过，我可以再陪你到这里透透风，看看 A 城的夜景，我反而觉得，A 城难得有这么好的观景位置，何乐不为。”苏沛菡朝着他轻轻微笑，抬起手轻轻地拍在他的肩膀上。

他眼皮一跳，心里像被什么东西狠狠地捶了一下，微笑渐渐僵硬，询问着：“你刚刚……叫我什么？”

她咧着嘴的笑意也有些尴尬，手也不自觉地停留在他的肩膀上，却不知道该说些什么，只得重复他的名字：“林……林伟填？”然而，最终她的话音落下的瞬间，却还是不自觉地带上了一个问号的语气。

而他却再也没有说什么话，只是轻轻拍掉她的手，转过身打开了车门，说着：“回去吧，夜里凉。”

第四章　感谢你赐予我一场欢喜

一

一周过去了，苏沛菡将手中最后一片花瓣摘光之后，心烦意乱地将整个人都埋进了毛毯里，最后只露出一双眼睛盯着满地的花瓣，嘴巴嘟起，满脸的委屈写在脸上。

自从那天夜里之后，她便再也没有看到过他的身影出现在校园里，其实到现在，她都不知道哪里惹到他，戳到他的痛点，让他心情不悦，从那天晚上送她回宿舍的时候起，他的笑容便再也没有露给她看。

心烦意乱的苏沛菡想到这里更加头疼，明明什么也没有做，自己的心却还要饱受折磨，想想就心酸。

苏沛菡最终熬不住心魔的控制，主动跑到夏曼曼的寝室楼下，还没有想要上楼找她，她就从楼上露出头来，看到苏沛菡的时候，夏曼曼用力地挥舞着手臂，随后一道靓丽的身影从寝室楼上冲了下来，一把抱住苏沛菡。

"一天不见就想我了吧！"夏曼曼带着点撒娇的语气说着。

苏沛菡微笑着，笑容颇有点无奈，她们之间的感情好到恐怕有第三者也无法将她们拆散似的，苏沛菡和夏曼曼之间像是有心灵感应一般，仿佛彼此是一对双生花姐妹。

夏曼曼当然知道，即便是苏沛菡也会有无事不登三宝殿的习惯，苏沛菡还没开口，夏曼曼便抢先发言：“说吧，你肯定有事情找我，看你的心事都写到了脸上。”

苏沛菡被夏曼曼这么一说，连忙摸了摸自己的脸，反而被夏曼曼嘲笑了一番，苏沛菡扬了扬自己手中的小拳头笑着说：“再笑我可就要打人了，帮我打听一个人。”

“什么人？”夏曼曼将笑意憋进肚子里，问着。

“林伟填，就是咱们高中时期的校友，学生会会长。”

夏曼曼的嘴巴微张，表情颇有几分怪异，狠狠地咽了咽口水，手还摸了一下她的额头，问着：“你没病吧，好不容易你们两个现在没什么交集了，你们两个冤家不是一见面就吵的吗？还是说……你不会喜欢上他了吧？”

“哪儿有，你想多了，我只不过是想知道他在哪个校区，有些事情需要当面谈才能说清楚。”苏沛菡总是说一半藏一半，这是她为人交往的特色，可是她却没有想过，对于好姐妹来说，这么说话，会让对方伤心。

显然夏曼曼对苏沛菡是放一百个心，既然苏沛菡自己都这么说，夏曼曼也不好再追问下去，好朋友有时候也是需要隐私的，继而道：“嗯……我听说他念理科，应该在西校区，像他那种风云人物，你只要进了西校区，就能找到他。”

苏沛菡的眼睛在刹那间放出光芒，狠狠地抱了抱夏曼曼，随后整个人逃脱似的跑向西校区。

其实苏沛菡也并不知道，即便找到了他又能说些什么，对不起？可是她自己也不知道错在哪里。

可是心底一直有一个声音在告诉她，哪怕离他近一点也好啊，两颗心的距离至少就不会那么远，什么时候要是能听见彼此的心跳声，那该有多好。

幻想总是那么丰满，现实一直都很骨感……

二

果然让夏曼曼说个正着，基本上只要进入了西校区，就能够打听到他的消息。

西校区是为这座大学专业学习理科而特定设立的一个校区，每年招生的时候都是老师们头疼的关键，因为有男女学生数量的要求，要达到一定的量才能够说明这个班可以开课，可问题就是，每年西校区招生往往是男生够数，女生差一批人，每次开课时间最晚的，就是西校区，每次结课最早的，却也是西校区……西校区的传奇历史多的数都数不清，可那些都是西校区的一些黑历史。

然而今年却与以往不同，据说今年男生和女生数目都已经爆棚，有些不是西校区的学生，也会时不时地来到这里蹭课蹭饭，来西校区参观的人数比以往也大大增加，终于在快要开学的前一天，西校区校长一高兴，便下令给西校区的所有宿舍都安装空调，成为西校区最为光辉的一天。

苏沛菡听着这些传闻忍不住笑出了声，果然有美男的地方就一定有风浪，虽然说他嘴贱，但不得不说这样的男生还是有一定价值，谁叫现在的社会是看脸的社会呢。

不知道为何，苏沛菡进入了西校区后，心里原本翻涌的状态一下子就平静了很多，这里的空气仿佛都要比外校区干净许多，这难道就是传说中的爱屋及乌吗？

在西校区转悠了半天也没有看到他的身影，或许现在这个时间段里，他正在哪个图书馆里精修，也或许在宿舍里睡午觉，但当苏沛菡转悠到公告栏的时候，她便忍不住停下了脚步，想要探个究竟。

公告栏上围绕着许许多多的人，不一会儿围成了一个小的人群，大多数人群为女生，一些男生也只是凑近看了看而后便甩手走掉，苏沛菡的心里一直在告诉自己，这个公告栏里写的内容一定是和他相关，苏沛菡的脚步悄然挪动，挤进了人群之中。

密密麻麻的字体印刷在白纸上，贴在公告栏上，大意写的是学生会选举，现在开始投票，下面列表里有参选的人员，不用说，投票向来都是选举人员里的不二法则。

一排排地往下看，在末尾处，终于看到了他的名字，只不过感叹西校区这么早就开始举办学生会活动，想想自己所在的校区，却还没有任何动静。

随后，她便连忙打起电话，兴奋地告诉了夏曼曼要帮林伟填拉票的事情，吓得夏曼曼险些从宿舍床上滚了下来，杀猪般的嚎叫传进苏沛菡的耳朵里："你疯了吧！苏沛菡，是谁刚念大学的第一天就告诉我不再掺和任何事情，只想安安静静地做一个认真学习的美少女？"

电话那头的苏沛菡已经全然不顾夏曼曼的提醒，只顾着自己说："我只是想帮帮他，你也帮帮我吧……"

苏沛菡的话还未说完，夏曼曼眉头一皱，便把电话赶紧掐断，她坐在上铺上，看着窗外最遥远的风景，心里头却是一阵酸楚悄然流过。

三

最终，抵不过苏沛菡的死缠烂打软磨硬泡，夏曼曼还是答应了苏沛菡的“邀请”，只不过事后，夏曼曼要的补偿便是一顿大餐。

为了这一顿大餐，夏曼曼也是挺拼的，烈日当头，她们二人悠然地在大学校园里闲逛，一人怀抱募捐箱，另一个则卖力地大声吆喝，不一会儿的工夫，便引来众人的围观。

面对一群人的指指点点，夏曼曼忽然很想找一个洞口钻进去，这辈子都没有丢过这么大的脸，只看到苏沛菡依然卖力地喊着，摇头叹气，在爱情中迷茫的少女，她真是豁出去了。

夏曼曼也不甘示弱地加入苏沛菡的队伍中，不过一会儿的工夫，募捐箱里的票数越来越多，最终将整个箱子都塞满了，两人才肯罢休。

从早上到晚上，甚至连午休时间也不肯休息，她们两个人成为校区最亮丽的一道风景线，不少校报纷纷宣传这种互帮互助的精神，也引发大学校园里更为深层次的思考。

只不过这种思考，也只不过是暗恋学长的一个大幌子罢了。

临近海选的日子快要到来，这是第多少个日夜为林伟填去筹备的投票，苏沛菡将整个箱子里的票都掏了出来，一张张反复地数着，终于连夏曼曼都看不下去了，无奈地说着：“姑奶奶，选票你每天都要数一数你才放心是吗？整个校区的女生票数基本都垄断了，我都不担心，你担心什么。”

“我就是要数一数才安心嘛。”苏沛菡不顾夏曼曼的阻拦，眼光始终都盯着手中的票子，不曾抬头看她一眼。

“纳闷了，你是喜欢他，还是讨厌他？”每次他们两个人一见面便开始阴阳怪气起来，可是一见不到他，她心里又开始心心念念起来，让她十分不解。

在这一问题上，苏沛菡终于停下数手中的票子，抬头看了一眼夏曼曼，目光有些虚弱，因为她自己也开始迷茫。

脑海里有关于他的片段一一闪现，从什么时候开始喜欢上他的，她自己其实也不太清楚，只是她知道，在自己难过的时候，她会反复地去走那条和他第一次相见的街道，在校园里漫步的时候，她会东张西望，希望他能出现在自己眼前，在高考报名前夕，她会偷偷摸摸地去了解他会报哪所学校而进行紧张的复习，见到他的时候，他会毒舌地念叨着她，可是她在反驳的时候，心里也会有几分的笑意。

有关于他的一切，这才发现，自己为他所做的事情竟然那么多。

如若对这个人不喜欢，又怎么会让从小高傲惯了的苏沛菡，去顺从别人的思想，去做自己都觉得不可能的事情。

一番的心理斗争，都让她不得不去承认自己确实是喜欢上了他。

夏曼曼盯着她的目光瞬间崩溃，合着她自己已经进入自己的小世界里了，忍不住地吼了一声：“苏沛菡！”

“到！”

“我在跟你说话，你到底有没有听进去啊？”夏曼曼叉着腰，凶神恶煞地问着。

苏沛菡眯起眼睛看着她，然后耸耸肩，轻松一笑的回应着：“是啊，暗恋不可以吗？”

四

不知道为什么，夏曼曼听到她这么一说心里有些难过，但她也没有再说些什么，只是悄然帮她将票子整理好，塞进投票箱里，而后一言不发地跑去厕所里洗澡。

次日的清晨，是公开票数的日子，她们早早地便抱着箱子来到了西校区的操场上，她们一走进校区，一些学生便开始八卦起她们二人来，直到会议的开始，有关于她们的议论声才渐渐停熄。

上一任的学生会主席拿着话筒站在舞台上，缓缓念出最终的成绩，毫无悬念，最终赢家为林伟填，只是当主席让他上台发言的时候，才发现他人根本没有到场。

就在大家准备扫兴离开的时候，学校里的快递小哥骑着电瓶车悠闲地赶了过来，看着这样的大场面，快递小哥竟然有少许的害羞，签完了单子便骑着车溜走。

前任主席将快递包裹当着众人的面拆开，发现是一份DVD影碟，他没有一丝的犹豫，将DVD光盘放入了电脑驱动器内，刹那间，一张英俊的脸出现在大屏幕之上，磁性好听的声音也响彻整个会场，一时之间，台下的女同学们一下子热血沸腾起来。

“关于一些同学帮我拉票的事迹我也有听说，因我现在人在国外暂时没能回来很抱歉，希望通过DVD的形式在这里道谢，希望不要介意……”

而后，视频如雪花般破散，DVD告一段落，只是人们对这场活动的热情却久久不肯散去。

用这样的方法来参与竞选的人，已经完爆在场所有参与竞选的候选人员，即便没有拉票的方式，或许以他的人气，恐怕最终也会花落他家。

苏沛菡拥着夏曼曼的胳膊笑着说：“要不要一起去庆祝一下？”

夏曼曼看着苏沛菡，忽然心里有几分的不耐烦，说着：“就因为这个事情？”

苏沛菡老实地点了点头，再笨的人也能够看得出最近夏曼曼的心情不怎么好，刚开始她以为是最近几天让夏曼曼太过劳累，心里很过意不去，想要请夏曼曼大吃一顿而已。

可是怎么也不会想到，夏曼曼拒绝了她的好意：“不了，我今天有点累，想回去睡会儿，再过两天就要正式开学了，以后这样的好日子就快要没有啦。”

随后的几天时间里，苏沛菡一直都想要去找夏曼曼出来聊聊天，吃吃饭，可是都被她无情地拒绝了，让她心里也十分的不好过，悄悄地买了一些礼物给她，都是她最爱吃的甜品，可是听她的室友说，最近她似乎身体不太舒服，任何人也不想见，任何东西吃得都很少。

直到开学的第一天里，全体学生都在一个校区里举行开学典礼的时候，她才见到久违的夏曼曼。

才短短三天没有见，夏曼曼似乎瘦了一圈，精神状态看上去也不怎么好，许久不化妆的她在这个时候却化了淡妆。

等到典礼的散去，苏沛菡才将夏曼曼堵住，质问着：“自从那天选举活动结束之后，你似乎都在有意无意地躲着我？”

夏曼曼吐了吐气，目光看着她，很斩钉截铁地对着她说：“我只是看不惯你为了一个男人把自己的身段放得这么低，你是谁啊，你可是苏沛菡，以前的骨气都去哪里了。”

五

被夏曼曼这么扬眉吐气地说了一通之后，她也有些恍惚。

初秋的阳光照耀在她洁白的额头上，逆着光，让她有些眼疼，于是她便拼命地眨着眼，而后装出一副无所谓的表情说着：“曼曼，那是因为你没有暗恋过一个人。”

“当暗恋上一个人的时候，你会发现，你所谓的那么一点小自尊，小骄傲，统统会化为乌有。”

夏曼曼看着苏沛菡认真的模样，让她不由得一阵揪心的疼痛，传到她身体里的每一个细胞，她看着苏沛菡认真的眼神，心里默默地想着：苏沛菡，你凭什么会认为，我就没有暗恋过一个人。

可是她夏曼曼比不过苏沛菡，她什么都没有，甚至连上大学都需要靠苏沛菡托关系走后门才如愿以偿，她除了一句谢谢之余再无其他，而她整个人身上唯一值钱的东西，便就只剩下自己的尊严。

没了尊严，她还拿什么去暗恋一个自己喜欢的人。

这个话题颇为沉重，苏沛菡看着夏曼曼漫不经心的眼神，便连忙切换下一个话题，迅速地将她从暗恋这个阴影挣脱出来：“不过，倒也奇怪，前些天我还在校园里看见了他，怎么一眨眼的工夫，他就跑去了国外？”

夏曼曼听闻她的话，便接过道：“有钱人的世界，我们无法想象。”

苏沛菡连忙点头迎合着她说的话，这让她们之间好不容易有了一点可交谈的话题，让气氛不再那么尴尬。

可是奇怪，从什么时候开始，她们两个人之间，不说话却也会显得尴尬起来？

还没能等她仔细回想，这段时间她们之间是否出现了感情裂痕，夏曼曼就先打断了她的思路：“折腾了一天真是够累了，明天就要开学了，我先回去收拾一下自己，你也早些回去吧。”

“哦……那个……好。”这四个字，是苏沛菡唯一能够想到的答复，然而，夏曼曼却连这四个字都没有听完，便从她的身旁擦肩而过，奔着方向相反的宿舍走了过去。

“一定不是自己的问题，一定是她太累了。”虽然有一种强烈的直觉在告诉自己，夏曼曼可能生气了，可是她除了自我安慰之外，便没有多余的办法，只是希望在明早的开学典礼上，能够看到夏曼曼正常出席，带着她最耀眼的光芒，回到她身旁。

第二天清晨，苏沛菡早早地就从床上爬了起来开始进行洗漱，等洗漱完毕之后，才发现宿舍里的几个同学这才慢悠悠地从床上爬起来，迷迷糊糊地看着苏沛菡，不由感叹道：“苏沛菡，你还真是勤劳模范啊。”

“你是不是昨晚没睡好，你看你眼睛里血丝那么多，黑眼圈也出来了。”

听见同学这么一说，向来比较注重外表的苏沛菡连忙钻进卫生间，果然如她们所说，还真的是憔悴无比。

这可怎么办，眼看着今天上午要进行开学典礼，这副模样出现在众人面前，会让她十分的尴尬，况且……

况且今天的演讲会上，会有他的出现。

六

“要不要稍微化个妆打个底？”宿舍里的同学看着她这么纠结，便主动递给她一支粉底液，苏沛菡接过粉底液仔细地看着，似乎有几分的犹豫。

因为她的皮肤不同于平常人，她的皮肤属于敏感肌肤，因此她从来都不会化妆，就连自己用的护肤品，都是她自己从外面采购一批材料自己加工制作，温和饱满，可是看着现在憔悴的自己，想到那个人，她还是咬着牙，将粉底液挤了一些，滴在自己的手上，轻轻擦拭脸上的憔悴痕迹。

一个完美的淡妆化好之后，脸色这才稍微好看了许多，从厕所里走出来的时候，感觉自己又自信了不少。

只是，苏沛菡最担心的事情终究还是会发生了。

此刻不过是上午十点，当会议礼堂的钟声敲响第三遍的时候，站在演讲台上的老教授们才肯恋恋不舍地退场，而此刻坐在会堂里的人们早已晕晕欲睡，当听见前排几名坚持到最后的同学鼓掌之时，坐在后排的人们这才反应过来，这场枯燥乏味的演讲会终于快要结束了。

接下来的一个演讲，是整个会堂里女生格外期待的，男生格外羡慕嫉妒恨的环节，因为演讲的人，是C市成绩最好，人长得也是仪表堂堂，光是一个校区就有许多女粉丝的人。

当主持人报幕完毕后，他一登场，便是万众瞩目，仿佛他是一个自发光的星体，闪闪发亮。

“各位在座的老师，同学们，上午好，我很荣幸能够站在这里，代表学生会的同学们致辞……”一身洁白干净的白衬衫打底，外套着学校的校服西装，显得十分精神，头发打理得干净利落，在他的身上，仿佛有一种阳光的味道，遍布整个会堂。

苏沛菡原本黯淡的眼神里瞬间多出了一份名叫爱慕的神色，他的一举一动，在她的眼睛里呈现出了慢动作的放映片，眼睛当作录像机，片刻都不想眨眼。

就连脸部此刻正在慢慢地发生变化，她都感觉不到，全身心地放在了他的身上，静静地看着，听着，多么想要让这一刻静止，只剩下她与他。

直到坐在她身旁的同学好心提醒着，她这才缓过神：“苏沛菡，你脸怎么了！”

同学的声音有点大，周围同学不由自主地朝着她这里看去，当最后视线都停留在苏沛菡的脸上的时候，一个个的都忍不住发出了笑声，笑声越来越大，惊动了台上的人儿，也惊动了前排的老师们。

在这么多双眼睛的注视下，苏沛菡依然也能感觉得到，这其中有一双目光便是朝着前方而来，她只感觉到脸蛋十分的瘙痒，疼痛难忍，她低着头连忙去翻背包里的镜子，镜子里的脸呈现出的画面，让她不禁失声尖叫。

她的脸，仿佛是被开水烫过一遍，脸蛋十分通红，脸蛋上正起着一层层的小水泡，在灯光的照射下亮晶晶的。

“这是怎么回事……”

“太恐怖了，早上见她不还好好的嘛。”

“咦，这个人不就是帮他拉票的人嘛……”

……

一时之间，周围的谣言越传越汹涌，让她不知道该如何去面对，如果这里有个地缝，她甚至希望可以钻到地里去。

“演讲进行到了一半，我忽然很想听听周围的同学们对我是一种什么样的评价……”然而，他的声音再度响起，仿佛礼堂里刚刚所发生的一切事情都跟他无关，他磁性而又好听的嗓音将周围纷扰的人群再度拉了回去。

然而这一刻，苏沛菡忽然有那么几分感激他，感激他的声音，将周围纷扰的人群吸引了过去，让她不再承受着这一刻的尴尬。

七

苏沛菡趁着大家都在仔细听林伟填的演讲报告会，她悄然地从后门溜了出去。

一路狂奔到附近的药店，买了一支消炎药膏，当她掏出小镜子照在脸上，一点点涂抹药膏的时候，一种刺痛的清凉感传遍她的肌肤，回想起刚刚的那一幕，她有点不争气的想哭。

鼻头微酸，嘴角轻轻一撇，眼泪便一颗颗地落了下来，轻轻敲打着镜面，发出悲伤的节奏。

“这下子，他肯定会觉得我很丑，以后都不会再见我了。”苏沛菡自言自语地说着，眼泪顺着脸庞流过，不小心触碰到药膏，更有一种强烈的刺痛感传来，让她哭得更凶。

强烈的自责感如同排山倒海般而来，在所有喜欢的人面前，她多么想要将自己变得更加完美，恨不得天生就是白雪公主。

可是她忘了，白雪公主即便落魄，还有七个小矮人会帮助她，而她，一个人独自坐在操场上，晒着初秋的太阳，看着面前一栋栋的教学楼，仿佛能够听见远方传来的鼓掌声，而那掌声中，没有她。

果然童话里都是骗人的故事，还专喜欢骗成年人。

差不多是到了结束的时候，苏沛菡得赶在大家离场之前回去，否则会更加的引人瞩目，这样尴尬的滋味，她不想再尝试第二次。

带上蓝色的一次性医用口罩，她将扎起的高高的马尾辫解开，如墨般的长发瞬间而下，浓密的长发将她的一张小脸紧紧包围住，她低着头，一言不发地走在安静的校园小道上。

等苏沛菡回到座位上的时候，正巧是他发言结束之时，只是她不曾留意到，在她低着头，用长发将自己紧紧裹起来的卑微模样，不小心落入了他的视线里，他的眼睛里有过一抹光微微闪过，虽然只是那么一瞬即逝。

“不要紧吧，我看你挺严重的。”坐在她身旁的同学小心翼翼地低声问着，苏沛菡用一个感谢的表情来回复他，告诉同学自己真的没有事。

直到整个会议结束之后，苏沛菡便连忙东张西望地看着对面的校区，看一看还是否有他的身影存在，只是她的个子比较矮，当所有人都站起来准备离开会议室大厅的时候，人群涌动，完全遮挡住了她的视线。

从人群之中穿越而来的人里，便有夏曼曼，只见夏曼曼狠狠拉住她的胳膊，用手将她的口罩摘下，仔细观察着她受伤的脸，发现擦了药膏的脸上开始慢慢地消肿，这才安下心来，说着:“傻子，你的脸是怎么回事？”

“你别问了，反正都是我自作自受。”苏沛菡连忙将口罩再度仔细地戴上，而后挽着她的胳膊慢悠悠地走出会议室大厅，当走到门口的时候，站在高台处的她终于看到了那一抹身影，目光紧紧锁定住，舍不得离开。

这一举动，也让夏曼曼跟着看了过去，发现是他的时候，她的脸庞也微微泛红，然而却松开了挽着苏沛菡的胳膊说着：“下午就要上课了，我想去休息一下，晚上如果有空我们再一起吃晚饭吧。”

“好……”苏沛菡也没有过多的解释，便应着她，只是目光依然锁定在他的身上。

“苏沛菡，你真是无药可救！”夏曼曼哼了一声，便从她的身旁离开，故意将视线扰乱，等苏沛菡反应过来之时，夏曼曼早就屁颠屁颠地跑回了宿舍楼里，留下她一个人在这里犯着花痴。

八

与其站在这里犯着花痴，还不如自己主动一点，跑上去搭讪，不是有很多人都曾这么说过一句话吗，女追男，隔层纱。

秉着丢下脸皮就能搞定任何事情的苏沛菡，就这样朝着他的方向走了上去，跟着他的步伐一步一步地向前走，可是在他的身旁，还有无数的少女围着，她想了想自己的脸，只好跟着他走了一路，直到他的身旁没有了任何一名女生，直到她愣出了神，撞上他的后背。

“你还要跟我走回宿舍？”这是他在大学里第一次对着她说话，虽然语气态度不好，可是这也让苏沛菡很是欣慰。

苏沛菡一脸茫然地抬起头看着他，阳光十分刺眼，逆着光，根本看不清他的模样，她只是凭着感觉认为，他有些怒意，她连忙环顾四周，来打量一下她现在所处的地理位置，却发现，若是往前再走一会儿，的确就到他的宿舍了。

被这样的尴尬地提醒，让她不由得脸红，幸好戴着口罩，他不会知道。

“我……不是故意的。”苏沛菡没敢看着他，只能低着头看着脚下的影子，身体稍微挪了下，自己的影子便就与他的重合在了一起。

这微妙的重合，都能让她开心好一会儿。

“你的脸怎么了？”这个时候，林伟填这才发现她戴着口罩，初秋的天虽然不堪比夏季，可是到底还是秋老虎，多少都有几分热，这个时候，巴不得能脱一件是一件，她倒好，莫名其妙地戴了口罩。

“过敏了而已。”苏沛菡被他突如其来的一句关切问候失了魂，连忙回答着，激动得就连声音都颤抖了几分。

“脸皮真厚，皮肤过敏不去医院看，反而过来跟着我，你就不怕口罩捂着更难受吗？”林伟填将一连串讽刺的话脱口而出，一字字地砸在她的心尖上，疼痛，而后如水波般地扩散。

林伟填语毕，便准备转身离开，这个时候，苏沛菡仿佛用尽了全身力气，将胸腔内憋了好久的话终于喊了出来：“林伟填！”

他转过身来，用着质疑的眼神看着她。

“早知道你是一个忘恩负义的人，我怎么也不会帮你拉票，更不会……”更不会跟着你，也不会默默喜欢你。

想到这里，苏沛菡转过身就跑，用尽全身力气去奔跑，迎着秋风奔跑，黑发渐渐散开，可是她却慌忙地将头发拥到胸前，遮住自己的半张脸。

她已经够丢人了，不想让围观的人再看到自己多余的脸。

她丢不起人了！

而周围的人群听到苏沛菡这么一句话，喊着“切”过后便渐渐散开，大家都以为，最经典而又狗血的表白戏码会上演，然而却出乎意料的没有。

简直就是不按剧本上演。

而站在原地的林伟填，只感觉脚步沉重，怎么也抬不起脚继续朝目的地走去，目光只是继续盯着那娇小的身影在阳光下奔跑的姿势，孤独、难过。

林伟填拒绝过不少女生，像这样对待女生不是第一次，按理说，他不会有所任何感觉。

而这一刻，他似乎觉得，自己深深伤害了她。

九

苏沛菡只觉得自己跑了很久，久到自己都感觉喘得厉害，她这才渐渐放慢了奔跑的脚步，最终由跑改为走。

眼睛感觉到肿胀，她伸手擦掉眼睛旁边挂着的泪珠，越擦越多，她着急，干脆将口罩摘了下来，用口罩来代替纸巾擦拭着眼泪，透过泪珠来看这条陌生的街道，一时间让苏沛菡有些恍惚。

这条街道，她从来都没有来过，自己怎么就不知不觉地跑到了这里，她跑的时候只记得一定要跑得远远的，一定不能让熟人看见，哪怕是同校的同学，哪怕是离学校很近的附近商店，她都想躲得远远的，这样，就不会有人再看到她现在如此狼狈的脸。

只是她失策了，现在有些懊悔，即便要跑，好歹也跑到一个自己熟悉的地方啊！

苏沛菡这个时候已经完全没了哭的心思，连忙抬起头来打量周围的环境，周围到处都是梧桐树以及种植了鲜花的花坛。

A城不愧是被誉为绿化最好的城市，随处可见鲜花嫩草和高大的梧桐树，这让苏沛菡开始晕头转向，无论她走到哪里，她都只会感觉，这里的每一条街道自己都来过似的。

终于，走累了，她一屁股坐在花坛的台阶上，看着周围的人来人往，她不禁有些迷茫。

自己究竟是为了什么而要费尽心机来到有他在的学校和城市，明明对方不喜欢自己，明明对方还嫌自己是个累赘，可是她为什么还是要考了进来?

难道就是为了多给他一些机会，让他一次又一次伤害自己的心，让他一次又一次看到自己的迷茫和无助，这是自己真正想要的结果吗?

仿佛心里所有的委屈都在这一刻顷刻而下，她无助的将头埋进自己的腿前，抱成一团，有力地抽泣起来。

直到有一个温暖的手指戳了戳她，她这才肯抬起头来，用着疑惑的眼神看着面前的人。

面前的人儿不过只有七八岁的模样，扎着幼稚的羊角辫，手中拿着一个棒棒糖，她捏得死死的，好像是她心中至爱，不肯放手。

“小朋友，请问你有什么事情吗?”看到眼前这个可爱的小女孩儿，苏沛菡的心里有些开心，要知道，她是最喜欢小孩子的，小孩子总是天真可爱，不会有那么多的心眼，也不会只记得悲伤，只要有个棒棒糖，她就会开心半天。

小女孩儿将手中的棒棒糖塞给了苏沛菡，而后转过身，用短小的手指指了指站在马路对面的少年，说着：“那个哥哥让我把这个棒棒糖送给你。”她的嘴巴里也塞着一根棒棒糖，说话含糊不清，可是却很努力地想表达清楚这究竟是怎么一回事。

苏沛菡顺着小女孩儿手指的方向看了过去，当看到熟悉的脸庞之时，她的脑海里仿佛有一枚深水炸弹，在这一刻按下机关，砰的一声爆炸了。

站在马路对面的少年，此刻身体正依靠着梧桐树上，双手环抱于胸前，一只脚在前，一只脚在后，用一种慵懒的状态一直盯着苏沛菡，或许是苏沛菡最终发现了他，他的嘴角终于挂起了一抹灿烂的微笑。

对，没错，她没有看错，他的嘴角上，的确是挂着一抹灿烂的笑容。

而后，他伸手对着苏沛菡摇了摇，便慢悠悠地向她走了过来，那名小女孩儿也非常的懂事，看见大哥哥来了，她也识趣地悄然跑开。

反正她的任务也做完了，貌似就没有她什么事情了吧！

不过，小女孩儿十分古灵精怪，她忽然转过身，一边倒着走，一边用两只小手围在嘴唇旁，作小喇叭状喊着：“大姐姐，大哥哥，你们一定要幸福哦！”

十

大姐姐，大哥哥，你们一定要幸福哦！

这么一句简单的话，苏沛菡却听了进去，她也想，可是却无法拥有。

眼看少年即将要过来马路，朝着她的方向前行，她想赶紧跑掉，却晚了一步，他的大长腿跑一步顶的上她三步，当他拉住她的手腕之际，苏沛菡下意识地低下头，慌忙地将口罩带在脸上。

即便现在自己并不是那么美好，可是她还是想要将最完美的一面展露出来，至少，要将那丑陋的一面藏起来。

他下意识地将她的口罩摘了下来，忽然的动作吓得苏沛菡忘记了反抗，只是，当她反应过来的时候，她再做出任何动作都已无用，那丑陋的一面，到底还是暴露在了他的眼前。

“你的脸怎么那么严重，脸上过敏应当要赶快去医院，不能捂着。”林伟天几乎是用愤怒的语气对着她吼，虽然听上去暖意十分，可是倔强的小心脏却不想听他说这些话，苏沛菡也带着怨念，试图将口罩抢回来，可是他的个子到底比自己高很多，他轻轻将手抬高一点，她就完全抢不到，只能抱怨地说着：“要你管，口罩还给我！”

林伟天看着苏沛菡急地到处跳，她个头比较小，只到自己胸部的位置，连肩膀都够不到，看着她努力跳起来，只为抢他手中的口罩，他觉得她十分的可爱，忽然就想要逗逗她，他直接将整个手臂抬到最高的位置，蓝色的口罩此刻就在他的手上，阳光折射而下，落入树荫里，光点斑驳，映射着他的手指十分好看。

苏沛菡有点看呆的模样，等她缓过神，才发现他的脸上挂着的笑意一点也不简单，她就放弃了去抢口罩，破罐破摔般地瞪着他。

“行了，你今天在礼堂上的确挺丢人的。”然而，他将口罩替她戴好，手指轻轻触碰到她耳垂之时，他们二人仿佛都有触电般的感觉。

苏沛菡连忙将头发遮盖住耳朵，因为她能够感觉得到此刻她的耳朵一定十分的火热。

“不过，即便丢人，也挺可爱的。”他安慰着她，这倒是让苏沛菡有些微微震惊，这还是刚刚讽刺她的人吗?

林伟天看着她目瞪口呆的模样有些心疼，便揉着她的头发轻轻微笑，不知道为什么，他的心口处也有一丝的疼痛。

明明她并不知道他是谁，可是自己还是会义无反顾地跟了过来，看到她如此伤心难过，他还是会想办法逗她开心。

这是他活了这么大，第一次偷偷地暗恋一个人，原来这种滋味，就好像是小时候妈妈不允许吃零食，可是乘妈妈不注意，他偷吃到零食的心情。

直到林伟天感觉到有一抹异样的目光盯着他们的时候，他下意识地抬起头，用眼神去寻找那一抹怪异的目光，却看到的是与自己几乎完全相似的一张脸。

只是那张脸，更多的是冷峻和冷静。

“苏沛菡。”林伟天下意识地喊着她的名字，在苏沛菡还没有完全反应过来的时候，被他揽住双肩，轻轻一个转身，他们二人的位置便调换了过来，也不知道是巧合还是故意，那视线正好无法让她看得见。

“你刚刚叫我做什么？”苏沛菡因为他这个动作愣了好一会儿。

“叫你快点去医院看病，再这样下去，可就真的要毁容了。”说着，他做出了掏钱的动作，发现钱包里并没有什么零钱，只好将一张银行卡放在了她的手上，放在她手上之时，苏沛菡依然能够感觉得到他的目光，多少有点恋恋不舍，可是他还是给了她，毫无怨言。

“你这是什么意思？”

“你走的急肯定没带钱，我的先给你，你赶紧去看病吧，密码是 XXX，我还有事情要去办，就不陪你去了。”林伟天做出一个很焦急的动作，逗得苏沛菡直笑。

“我会还你的。”苏沛菡定了定神，想着他说的也有道理，就将卡收下了。

不过，苏沛菡的这句话还没说完，他就像是知道她要说什么似的，便耍帅的背过身，一面走着，一面对着她打了一个响指，而后双手插进牛仔裤内，潇洒地离开。

仿佛就像是一个从天而降的守护者，每次在她难过之时，他总会带给自己这样的温暖，虽然他时不时地会犯病，但是，但凡是他给的温暖，她都会珍惜，并且一一珍藏起来。

目送着他的离开，苏沛菡这才恋恋不舍地收回了目光，她打车直奔医院，就在她即将要准备挂号的时候，她的胳膊被人猛然拉住，当她回过头带着一双质疑的眼神看过去的时候，她便微微吃惊地问了一句：“你不是说，你还有事吗？”

十一

他的速度真是很快，就在刚刚，他明明还穿着一身洁白的衬衫，一条水洗牛仔裤，一双白色帆布鞋，而现在，他却穿戴好校服，此刻正抓着她的胳膊，眼神微微带着些愤怒。

她能够感觉得到他的来意带着点气势汹汹，当她再度开口问：“你是准备回学校吗？”的时候，他才开口：“卡拿来。”

苏沛菡被他这么一说，思绪不免有些跟不上。

“我说，卡拿来。”他又重复了一遍，然而这次的语气和态度更加严峻。

苏沛菡被他莫名其妙的一顿发火搞得晕头转向，可是毕竟这是别人的东西，她拿着确实不太好，即便被他要回去，自然给他就好了，想到这里，苏沛菡乖乖地把卡上交到他的手心里，看着他接下来的态度。

只见他仔细地端详着这张银行卡，过后，便将这张卡收入钱包内，从钱包内抽出一些钱塞到她的手中，说着："去挂号吧。"

"你等等！"她更是疑惑，甚至被他这样的举动吓得她不敢立即将钱退还到他的手上，而后说着："你到底是什么意思？"

显然，林伟填的耐心已经快要被磨完了，因此他说话的语气态度都十分的不好："你是猪吗？让你拿着看病就拿着看病。"

林伟填看着苏沛菡依然不肯行动，他一时间着急，便就拉着她的胳膊，一路带着她跑到医院的挂号区排队挂号，然后又替她约好了医生，直到拿了药从医院门口出来的时候，一阵微风飘过，医院里的消毒药水的浓重气味冲击到他的鼻腔内，让他恍过神来，当他将照顾病人的这一系列事情做完之后，他这才发现，原来自己连十分没有耐心的事情都可以做得完。

原来自己的耐心可以变得这么大，是他自己，还是因为她？

林伟填站在马路边上拦了一辆车，当林伟填打开车门，示意着让苏沛菡进去的时候，苏沛菡想了想，最终还是摇了摇头，谢绝了他的好意："你先走吧，学校里，毕竟人多眼杂，我们之间明明没有什么，我怕又会传出什么谣言，就像高三那年一样。"

林伟填被她这么一提醒，思绪不由得飘到了那年高三，他严肃地告诉她不要再打扰自己的时候，她低着头的眼神让人楚楚可怜，只是当时的他并没有放在心上，包括到现在，他依然没有放在心里，却被她惦记了许久。

“那你小心点。”林伟填对着苏沛菡说着，便上了车。

苏沛菡的目光紧盯着他所在的车辆，直到消失在自己眼前，她这才反应过来，刚刚他都陪着自己做了什么。

他陪着自己在医院转了一圈，帮着挂号，帮着看医生，帮着拿药，甚至是帮着结账，她手上拿着的一袋子的药，总感觉十分的温暖，慢慢传遍她的整个身体。

仿佛这些药都不是那么的苦，好像即便是不吃，病都能够好了一样。

“如果这是梦，多希望能够让我不要醒过来。”苏沛菡使劲地掐着自己的脸蛋，当疼痛袭来，她才发现这一切，都是真的。

林伟填，感谢你赐予我一场欢喜。

第五章　阴雨过后，又是一个艳阳天

一

当苏沛菡从出租车内走下来，看到校园就在自己眼前的时候，心里说不出的激动。在她迷路的时候，她总以为，自己这辈子都回不到这里了。

看着眼前熟悉的人和商店，心里顿时感觉暖暖的，像苏沛菡这样没有安全感的人，只有到熟悉的地方才会全身心地放松下来。

这么想，心里自然而然就放松下来了，松懈之后，紧接着便是一阵的疲乏感袭来。

等苏沛菡拿着药跑回宿舍的时候，门刚一推开，便看见一束鲜艳的玫瑰花以及一封书信，正巧放在自己的桌上，她好奇地拿起桌子上的玫瑰花和信封，疑惑地问着："这是谁送的呀？"

"是我……"这个时候，从她背后传来一个弱弱的声音，她转过头看着上铺的室友，只见她一脸抱歉的模样解释着："好抱歉，我不知道你皮肤会过敏，所以今天还让你化妆，太抱歉了，这些是作为赔礼的礼物，你就收下吧。"

苏沛菡被她这样的举动弄得十分尴尬，只能连连说着不用客气，其实，这件事情也怪不了她，只能怪自己，因为自己很清楚地知道皮肤问题，只是怪自己一时的爱美心切才导致出了问题，谁也赖不上。

苏沛菡接了一杯热水，准备吞下所谓的良药，当药丸塞进嘴里的时候，她险些吐出来，只能连忙喝着热水冲下去，让味蕾稍微好受些。

刚忙完这一切的时候，苏沛菡便收到了夏曼曼的一条短信，短信上写的话虽然硬但却十分温暖。

而夏曼曼此刻却正忙着为苏沛菡带一些好吃的点心，准备给她送到寝室之中，夏曼曼一路拿着点心，心里也将苏沛菡这个蠢货骂了个狗血淋头，一路想着一路骂着，只需要再穿过一个小花园就可以到达他们的宿舍楼前时。

可偏偏，在夏曼曼要穿过小花园的那一刻，却知道了一个让她无比震惊的秘密。

夏曼曼首先是听见附近有吵闹的声音，她原本以为只是一对小情侣闹别扭，吵吵就和好，所以并没有放在心上，可是她走得越近，这种声音离自己也越近，直到她站在不远处的地方，看见了两个人的身影，她才恍然地站住脚，躲在小树丛旁，蹲下身，仔细地听着，看着。

可是却依然无法克制住内心莫名的激动。

刚刚是她眼瞎了吗？她竟然看到了两张相同的脸庞，明明那么相似，可是性格却截然不同。

眼前的人，他们身高近乎相同，就连他们各自的轮廓也都相似，一模一样的完美，如果不是性格让他们两个人很轻易就被分辨出来，否则两个人站在一起不说话的话，夏曼曼还真的分辨不出来他们谁是谁。

听着他们的讨论口吻貌似都不太好，可是为了不被发现，她只能躲得稍微远一点的地方偷看，好像是林伟填，此刻手中正拿着一张银行卡丢在了林伟镇对面男子的面前，而站在林伟填面前的男子颇为激动，抓着林伟填的衣领就要打过去，然而不知道他说了些什么，他愤怒的拳头此刻却又放了下来。

夏曼曼原本还想再看看情况，可是却被苏沛菡的电话铃声所打断，电话那头，苏沛菡焦急地问着夏曼曼："你到底还来不来，我午饭还没吃，眼看要上课了！"

"我知道了。"夏曼曼压低嗓音，连忙切断电话，而后逃之夭夭。

二

原来，林家是有两个儿子，一个叫林伟填，一个叫林伟天，因为两个人长得十分相似，因此学校里有很多人都并不知情，只能说要么是保护得很好，要么就是故意隐藏了彼此的身份，不过这些也难免，一个在西校区，一个在东校区，两个校区离的又那么远，校区与校区之间本身都是住校，消息封闭，不知情的人很多也很能理解。

倘若今天不是她不小心撞见，恐怕她也不会知道，原来林伟填还有一个弟弟，叫林伟天。

而这些消息，是她自行上网费劲搜到的，一个女人，只要有自己喜欢的人的动态，费尽心机也要挖到底。

"曼曼，你今天一天都不在状态。"苏沛菡的声音响起，将她从思绪里拉了回来，知道自己失态，便一脸不好意思的模样看着她。

苏沛菡却被她这样的反应所惊到，而后想到了一些事情，她坏笑地看着夏曼曼，问着："想哪家小情郎呢？"

被苏沛菡一语戳中心事的夏曼曼有点恼，便轻轻地打了她一下，接着："你先拿镜子看看你的脸吧，为了你家情郎差点毁容，值得嘛。"

她轻轻咬了一口点心，满是骄傲的模样说着："值！"

夏曼曼看她现在的精神状态挺不错，再加上今天得知了一个重大的秘密，这让她倒是十分开心，心里的一个小包袱，也算是轻轻放了下来。

夏曼曼心里也有暗恋的人。

那人在她心里住了四年，从高一到大一，从高一的那年秋季开学的时候，她看到站在主席台前代表全体学生发言的人，心里忽然怦然一动，后来她才明白，这就叫暗恋。

可是这份暗恋，她对谁也没说出口，哪怕是苏沛菡，她都会死咬着嘴唇不肯说，因为她知道自己配不上他，他是那么的优秀，学习成绩以全市第一考入了高中，可是自己却磕磕绊绊才勉强够分考了进来，林家和苏家都是闻名全市的企业商户，而她，家境贫穷，依然住在一栋古老的房子里，当她得知苏沛菡也喜欢那个人之时，她整个人都傻眼了，更是不好开口，家境、学业，乃至相貌，她在苏沛菡的跟前，也只是绿叶配红花。

直到高三的那一天，苏沛菡无意间地告诉自己，觉得林伟填这人似乎脑子有点问题的时候，她便留意了下来，午夜梦回的时候，她也曾想过，如果世界上有两个长相一模一样的男人，那该有多好。

只是，没想到当年的愿望成了真。

想到这里，夏曼曼重重的舒了口气，而后回过神看着正吃的不亦乐乎的苏沛菡道："你好好休息，下午的课就不上了吧。"

苏沛菡听到她这么一说，连忙摇摇头，回道："那怎么能行，这才开学第一天，因为脸上这点小事情不去上课，传出去，我指不定又要被外界冷嘲热讽了。"

苏沛菡总是很在意外界对她的看法，所以她从小到大背负着流言蜚语真的很累，有时候她也会想，如果家里从一开始就不这么有钱有势，那么自己也就不会过得太辛苦了，至少一定没有所谓的流言蜚语。

"那你好好休息着，我先回去收拾自己了，一会儿要去上课。"夏曼曼看着手表上的时间，也快要到准备上课的时间了，从她的宿舍楼走到自己的校区楼上课还需要一大段的时间，一开学就迟到可不是好现象，所以还是提前离开为好。

夏曼曼离开后，苏沛菡也开始收拾起自己，当她从塑料袋里拿出药膏再次涂抹脸上的时候，她也正站在镜子面前演练着晚上如何将钱还给他，就连任何突发的状况她也都想到过，她什么都不怕，唯一怕的便是他会推开她。

三

整整一堂课，苏沛菡都没怎么听进去，她只是趴在桌子上，看着从窗外折射而出的阳光照在自己眼里的时候，她只觉得这一切都是异样的美好，恍惚中看见了他的脸庞，虽耀眼但却不刺眼，渐渐的眼睛失去了焦距，但美好的模样都一一印刻到她的脑海之中，带着微笑沉沉睡去。

迷迷糊糊中听见自己桌子正发出惊天动地的响声，周围的嘈杂声四起，让她有点不安，从美好的梦境之中挣脱而出，她有点不耐烦地睁开了双眼，眼神一点点聚焦在一起的时候，一张因愤怒而扭曲的脸出现在她眼前，她再仔细地环顾四周，饱受惊吓的她立马站了起来。

她居然在大学开学第一堂课上睡着了！

“教，教授……”苏沛菡下意识之中还想解释点什么，发现什么也解释不了，总不能说，自己梦见了梦中情人才睡得如此香甜吧？

只见教授皱着眉头，指着门外不急不慢，但却有着无法反抗的力量说着：“出去。”

苏沛菡哭丧着脸，看着教授一脸认真而又严肃的模样，她只得拿起桌子上的教科书，站到教室门口的走廊上。

外面人来人往，看到苏沛菡都不由得纷纷交头接耳，看热闹的不嫌事大，这是人类心理一贯的常态，因此，苏沛菡只能做到尽量不要让人知道她是谁就好，如若传出去，少不了一顿嘲笑。

也不知道苏沛菡在外面站了有多久，直到听见学校的铃声响起，她长舒一口气，捏着因久站而发酸的双腿，看见学生们一涌而出的时候，苏沛菡终于知道，这节课总算是熬了过去，看见教授还在教室里收拾学具，她只得硬着头皮问着：“教授，我可以下课了吗？”

教授听闻她的声音，便抬起头来看了过去，只见她一副规矩的模样，言语表情上都带着几分讨好，教授心理这才微微好受一些，说着：“你记一下作业，我不管你有没有听课，下堂课的作业是必须要交的。”

苏沛菡连连点头，听着教授一面说着作业信息，一面记录下来，等着教授一声可以回去的指令，她仿佛逃跑一般离开了教室。

走在学校的林荫道上，踏上即将要去找他的路途，她将心里见面打招呼的台词想了一遍又一遍，并且也默默地练习着，心里十分担忧他会嫌弃自己，连一句完整利索的话在他面前都说不好，凭什么喜欢他？

当她将心里的台词默默地背好之后，她才有勇气，走到他的教室门前，当看到教室里只剩下他一个人的时候，她便轻轻地敲着门，直到对方注意到她。

“什么事？”林伟填将耳朵里的耳机摘下，放下手中正看的书，走到她的面前询问着。

“我……上次欠你的药费钱，我是来还你的。”她紧张的从书包里掏出钱来，放到他的手中，确定他不会将钱推开，她才松开双手。

林伟填只是觉得她有几分可笑，看着她微红的脸蛋，忽然觉得她也是挺可爱的，语气便放软，将钱还给她道：“不用了。”

“为什么？”苏沛菡抬起头来问着，眼神里有几分不解，她向来是不喜欢欠任何人的，哪怕是暗恋的对象，她也不想欠着。

“不为什么。”语毕，他便不想再和苏沛菡有任何纠缠，便回到座位上，开始收拾起自己的东西，准备离开教室。

教室里一瞬间安静的可怕，他们两个人都默默地做着自己的事情，耳旁伴随着秋风吹过，一些窗户没关紧，发出啪啪的声音，蓝色的窗帘吹得十分高，仿佛是为了给这教室增加几分生息。

最终，他还是拒绝了她，她心里还有好些话，都没能告诉他。

比如，谢谢你。

比如，其实……挺喜欢你的。

四

然而，这些话，统统都被她咽了下去，狠狠地摔进肚子里，可能，有一些话，这辈子都不会再说出口了。

苏沛菡想了想，最终手里捏着钱，迈着小碎步，一点点靠近教室的门口，她还想转过头来再看他一眼，但脑海里想到的都是他刚刚说的话，她连再看他一眼的勇气也没有了，只想着赶紧离开吧，真的太丢人了。

等他听不见她离开时的脚步声音，他这才抬起头，只见教室门口处早已没了她的身影，他起身，慢悠悠地走到教室门口，目光看向长远的走廊，昏暗的走廊声控灯正好打在她离去的背影上，有那么几分落寞感。

林伟填只是瞥了一眼，便连忙将视线转移，生怕再多看一眼，他就会心软，会想加快步伐上前追上她，将她拦住，好想狠狠地拥抱住她，告诉她，其实那些伤人的狠话，都不是故意要说出口的。

只是，想到那张与自己相同的脸庞，他胸腔内的火焰便就冒了上来，炽热地燃烧着，蔓延到他的心脏处，疼痛不已。

他自己心里也明白，那钱，其实并不是给他的，恐怕就连那点小心思，也不是留给自己的。

临近下午时分，在即将要上课的时候，林伟填便给他发了一条短信，要求他来学校较为隐蔽的花园内，有要事详谈。

没过半个小时的功夫，只见林伟天戴着口罩与鸭舌帽朝着花园的方向走来，当他们面面相对之时，林伟填内心深处狂跳不止。

这么多年，他们自幼便关系不好，在十五岁那年，他们便分了家，一个前往美国纽约进行永久性的居住，而另一个，则是死活也不肯离开 C 城，更是放言，他要独立生活，不想因为家庭背景而被束缚，小时候的林伟填得知他要做出这么大胆的决定的时候心里满是不屑。

因为家境好的人，怎么可能会有足够大的自由空间呢？

只是，当他有一天真的做到了的时候，林伟填心里的一杆秤仿佛瞬间丧失了平衡的功能，巨大的石头将他压得喘不过来气，他开始不得不佩服起林伟天，可是却又讨厌他。

明明身份相同，长相相似，身高相似，就连说话的声音都有几分相似，可为什么一个要被家族苦缠一生，而另一个却活的潇洒。

“找我来什么事？”他用不屑的表情看着林伟填，丝毫没有把对方当作是自己的亲哥哥。

林伟填将手中的一张银行卡掏了出来，丢在他的面前，笑着说：“现在都学会用这样的手段来获得女孩子的芳心了？”

不过，当林伟填看到林伟天诧异的表情之时，到底内心还是有几分爽快，他可能死也想不到，自己也正巧认识那个女孩——苏沛菡。

“关你什么事，照顾好你自己吧，未来的林少爷。”林伟天捡起银行卡就准备离去，而林伟填却拦住他道：“苏沛菡，你是认真的喜欢，还是只是玩玩？”

或许被他说的话激怒了，抓起他的衣领便问着：“我喜欢不喜欢她，跟你没有任何关系，父母也不管我，你又算什么。”

“但是，我警告你，你离她远一点，林家，有几个人是好人？”语毕，林伟天便松开了他的衣领，大摇大摆地走着，头也不曾回。

耳旁时刻都在回荡着他最后的一句话，你离她远一点……林家，有几个是好人？

林伟填靠在教室的门上想了很久，回过神来的时候，天色早已暗了下去，只剩下教室里白炽灯与他的身影，走廊上，寂静无声。

五

苏沛菡只记得回到宿舍里的时候，她便红着眼钻进了浴室里开始洗漱，整个晚上都心事重重，翻来覆去地睡不着，直到第二天早晨，手机铃声响起的时候，她才意识到，一整个晚上，她都失了眠。

又还是因为他。

打开水龙头，用冰冷的水来刺激她皮肤上的细胞，想让自己看上去清醒一些，当看着镜子里自己的模样之时，她的嘴角经不住微微一笑。

脸上的过敏病不知道什么时候已经开始渐渐好转，一些红色的印子渐渐变淡，让人看不出来。

这可能是唯一能够让她心情稍微好转的事情。

收拾妥当便出了门，趁着早上的好空气还未消散，她想跑到外面呼吸一下新鲜的空气，放松一下心情，只是刚徒步走到宿舍楼下，便投来一道道注视的目光，让她不禁皱起眉头。

这样的感觉，仿若回到三年前的日子，那些让人鄙夷的目光看着自己，十分难受。

直到她的手机响了起来，一则来自夏曼曼的简短消息便发了过来，内容则是触目惊心：苏苏，你又惹事了！你的事情在学校的 BBS 上闹大了！

学校的 BBS，是校园网内部的论坛，每个大学都开设有这样的集体网络互动论坛，说好听是为了增进同校同学们的友好感情，其实是每个学生背后的八卦消息。

然而她也总算是明白了过来，原来一路走过来，那些来自陌生人的目光，果然是奔着她来的。

虽说关于她的八卦消息，她早已不屑一顾，可是这次不知为何，再次听说自己发生这样的事情内心则是发慌，心跳加速，让她喘不上气，她一口气跑回了宿舍，连忙打开电脑连上学校的 BBS，却发现红色加大加粗的字体印刻在她的眼内：爆！大一新生苏沛菡暗恋西校区的林伟填。

当自己的名字再度和他有了关联之后，她却不是那么的开心，她只是担忧，若是被他发现了这个消息，恐怕又会来指责她，打扰到了他的正常生活。

“真是有够无聊的。”苏沛菡一页页地往下翻，内容无非就是一些她过往的“黑历史”家庭背景，然而这些早在高中时期她都所经历过，没什么亮点可看，唯一让她看的心里发慌的便就是她偷偷跟踪他被人拍到发了上去。

那张照片上所呈现的内容，正巧是那天开完会之后，她一路默默地跟着他在后面走，一直走到他的宿舍楼前。

这是唯一触动她内心的东西，她开始联系贴吧吧主，可是换来的是永无止境的沉默，私信石沉大海，而她也清楚地意识到，墙倒众人推，这个时候，恐怕是任何人都想看到的消息，谁又会帮她删掉这些乱七八糟的内容。

直到中午午休的时候，夏曼曼才有时间赶过来瞧瞧苏沛菡，然而这个时候的她，就像是被霜打过的茄子，趴在教室里一动也不肯动，夏曼曼实在着急才吼着：“反正你的事情从高中开始就谣言不断，你也应该习惯了才对，怎么现在成这副模样，连饭也不吃。”

“我是习惯了，可是他不习惯啊。”下意识的，苏沛菡说着，然而这个他的含义，夏曼曼听见了也是知道的，只是她也想逃避，一直不想说。

“其实他未必知道，好学生怎么会关心这些乱七八糟的事情。”夏曼曼将饭盒再次推到她的面前，安慰着她。

“是吗……也许吧。”苏沛菡摇着头想着，他可能的确不会知道，毕竟帖子内容开篇讲述的都是关于自己，只要不是关于他，他为什么要去在意她的事情？

反正，从头到尾，她一直喜欢他，而他巴不得逃跑才对。

六

“苏沛菡，谁允许你在教室里吃午饭的？”然而这个时候，教室门外站着的却是教导主任，听见她的训话，苏沛菡连忙将手里的饭盒盖上，连连道歉，拉着夏曼曼的手便连忙逃走，从教导主任身旁离开的时候，她分明还听见一句让她难过的话：“成天不着三四的，学校的脸都丢光了。”

或许是她说的话太过大声，连夏曼曼也听见了少许，看着苏沛菡低着头一言不发的表情，夏曼曼就来气，一面走着，一面扭过头来瞪着主任，或许是她心虚，只见主任连忙将头扭了过去，不再看她俩。

“那个主任可真是两面派的人，以前学生有一群在教室里吃饭的怎么没见她说，专门抓你。”夏曼曼替苏沛菡打抱不平地念叨着。

“我只是没有想到，这些事情，连学校领导也知道了。”苏沛菡不知道为何，心里有一些不踏实的预感在心里，那股气，上不来，下不去，让她异常难受。

等夏曼曼将苏沛菡送到宿舍楼下之时，夏曼曼临走前，还语重心长地说着：“苏苏，这个事情如果实在不行，就不要勉强自己，你可以找家里处理这个问题的。”

苏沛菡点点头，看着夏曼曼脸上踏实的表情，她那勉强的笑容这才渐渐放松下来，家里的势力再大可那又能如何，帖子即便平息，她依然还是会被谣言所困扰，说不定这个事情会更加的严重，因为这些谣言所针对的，无非就是她的家庭背景罢了，没有这个，伤害到的也只是她爱的人和所爱她的人罢了。

“哗——！”

等她反应过来却已为时已晚，身上再次被水浇湿，双眼被水珠所袭击，导致她看眼前的人有些重影，待她用手轻轻抹去脸上的一把水之后，她们的身影这才渐渐清晰，以往的宿舍同学之情，现在演变成如敌人一般的模样，让人难以接受。

“苏沛菡，早在你来的时候，我们就警告过你，不要让我们也很难堪，可是你看看现在自己闹得满城风雨，就连我们走出去都会被戳脊梁骨，严重影响到了宿舍的团结，现在请你搬出去。”带头的一名女生说着，其他的人，则是双手插着腰，安静地看着这一切。

“对不起……”苏沛菡下意识的便想要道歉，毕竟，因为她一个人的事情，导致整个宿舍的人都受到了牵累。

“不需要你的道歉，你的事情影响太大了，给你三天的时间，要么在这期间搬走，要么你息事宁人，否则就不要想踏进这个宿舍。”为首的女生说完，便将她狠狠地推出门外，再狠狠地将门啪的一声关上，声音巨响，惊动了这一层楼的宿舍。

看热闹的人倒是看得不亦乐乎，对着苏沛菡无非就是指指点点，仿佛在她的身上，有着她们吐不完的槽点。

像是被扒光了一样站在这里让人观摩，苏沛菡的精神已经到了崩溃的边缘，她终于忍不住地大声喊了一声，便捂着脸，连忙从这里逃开，她也不知道要跑去哪里，只知道一股脑地跑就对了。

她浑身都是湿的，一路上还滴着水，引起众多人的猜疑，不过大多数的猜疑的最终结果均是自找的。

苏沛菡忽然觉得自己很累，她每天都活在水深火热之中，每天都会被人嘲笑，他们觉得苏沛菡靠关系靠父母，为了证明自己很厉害，她便放弃父亲的支持，自己努力升学，到头来还是会被指指点点，这样在意他人的眼光，真的很累。

走在大街上，虽然还是有异样的眼光看过来，但好歹，耳朵里再也听不见一些不堪入耳的内容，她的心情也随之稍微好转。

只是，当她听见一阵急促的刹车声时，她的思绪才被拉回现实，只见一辆红色的跑车闯入她的视线内。

“不要命了？”

七

从车内下来的一名女子十分的美丽，这种美，有点像饱经沧桑过后历练而出的美，身上的气质与气场完全成正比，让人不敢靠近。

只是，这女人，苏沛菡似乎在哪里见到过，以及这辆眼熟的车。

“是你？”她从车上走了下来，一袭低胸红色连衣裙将她姣好的身材显示出来，脸上精致的妆容美得无与伦比。

只见她上下打量着眼前的丫头，她记得在那天夜晚曾见过她，只是那个时候，她的表现十分的乖巧，穿着上的气息透露着她正值青春年华，浑身充满着青春的力量。

只是那天晚上也没能和她好好说话，也没了解过她，只知道，既然是林伟天喜欢的女人，她一概都不能接受，林伟天，只能配得上更好的女人。

而不是这个单纯，毫无心机，却又普通的女孩儿。

此刻的苏沛菡却不比那天夜晚的她，现在的她格外狼狈，丝毫没有一点形象可言，眼看着周围看热闹的人越来越多，情急之下，她便将她塞进跑车内，开车迅速离去。

直到车子稳稳地停在一个水库旁，她这才开了口问：“你是怎么回事？”

还没完全从震惊之中反应过来的苏沛菡，下意识地便开口询问着：“请问你是……”

“我们见过的，他的姐姐。”她点燃一支香烟，依然还是薄荷的味道，红唇轻轻吸着一口，而后吐出淡淡的烟圈，姿势十分迷人。

苏沛菡一时看迷了眼，林桑继而继续问着：“你叫什么名字？”

“苏沛菡。”她老实的回答着。

“苏家的闺女？”林桑直直的目光看着她，直到看到苏沛菡点点头，她这才意识到，原来她的身份没有自己想的那么卑微。

“据我了解，苏家很爱自己的闺女，怎么会让你穿成这副模样在大街上行走。”林桑的年纪，早已帮着父母打理公司的事情，在商业酒会上，便就经常能够看见苏沛菡的父母，纵横整个商业圈，她大概也清楚苏家多爱自己的女儿，爱到完全将她的闺女保护得很好，从来都不会让她参与商业的圈子。

因此，林桑从未见过苏沛菡，也是情理之中。

被林桑这么询问，苏沛菡也不知道该如何回答，怎么回答呢，说自己是被寝室同学所欺负？可是却又因为什么事情呢？她想了半晌，依然想不出个所以然，所幸也不说，只能沉默地低着头，摆弄着湿湿的头发，让自己好受些。

林桑可能觉得自己的话说得有点严重，便从车厢里抽出一条干净的毛巾，递给她，将嘴里的最后一个烟圈吐完，说着：“每个人都会有困难的一面，可是不能拿困难当消极来面对，自己过好自己的生活，照顾好自己，就是给自己最大的恩惠。”

“我虽然不知道你是怎么回事，但从你的眼神里，我仿佛能够看到当年的自己，那一年，我也曾拥有一双清澈的双眼。”

被林桑的话说得有些晕头晕脑，她只能继续问着：“那现在呢？”

“你能从我的眼神里看到什么？”林桑将头转向她，认真地看着她，问着。

苏沛菡认真地看着她的双眼，从她的眼里，似乎能够看到一望无际的大海，深邃却又让人看不透，琢磨不清。

仿佛是要掉进她那深邃的双眼里，她便连忙抽出神，说着：“我看不懂你……”

林桑笑笑不语，将手中的烟头从车窗外丢了出去，烟头在空中旋转了几圈，便安静地躺在不远处的地上，毫无生息。

“可是我却羡慕你的这一双眼睛，干净透彻，等你到了我这副模样的时候，就证明你老了。”林桑启动了跑车，将车倒着开出去，而后继续说着：“看你这副模样，先找个地方把你安置好吧。”

“谢谢。”苏沛菡不知道该说什么表示心里的感谢，她这次跑出来得急，身上也是身无分文，可是却能一而再再而三地碰到帮助她的人，这恐怕也是上天给她的一个礼物。

所有难过的事情，不过都是一瞬，而背后肯定是一个艳阳天。

第六章　像你的眉，像你的眼，却都不是你

一

直到林桑把苏沛菡安置好之后，已经是晚上九点多了，林桑将跑车停靠在离校园还有一段距离的位置上，而后说着："就到这里吧，改天有时间，再约你吃饭。"

"林桑姐，今天谢谢你了。"苏沛菡有些不好意思道。

林桑此人也十分的大度，完全不会将这点小事放在心里，只见她唇齿轻启，轻飘飘地说了一个"切"，随后点燃一支薄荷味儿的香烟，说着："你和他的事情，我虽然不会太干涉，但他毕竟将来是要接管家族企业的人，而你父亲恐怕不会希望你和他联姻，不要让自己陷得太深。"

苏沛菡对她所说的话感到几分的意外，她只是没有想到，林桑会往这个方面去想，也更是没有想到，林桑猜自己的家人对自己的态度也是非常的准，不愧是在社会上已经有些阅历的人，看人也是看得如此准。

而她的家庭的确不希望她将来接触这些，从小到大，父亲和母亲经常在外地奔波出差，眼下的财富越来越多，社会地位

也越来越高，可是父母回家之后却对生意上的事只字不提，也从来不会对自己说一些家族企业的问题，只是轻描淡写地说着，将来不需要你辛苦地去上班，甚至想将她送出国外，虽然她知道这些都是爱，可是她却不愿意。

“总之，林桑姐，还是很感谢你今天的出手相救，若以后有报答你的机会，我一定义不容辞。”这话，是苏沛菡临走时给林桑丢下的一句，虽然简短，但话语的意思却带着几分强硬的态度，让人无法反抗。

苏沛菡看着那辆红色的跑车最终渐渐消失在自己的眼前，她才肯转身走回到校园内，好在天色已黑，校园内并没有多少人，有的只是一些毫不相干的外校人来这里散步，还有成双成对的情侣，好羡煞旁人。

等苏沛菡回到宿舍的时候，发现宿舍的门并没有落锁，这倒是让她心里微微吃惊，她原以为，宿舍的人会对她恨之入骨，定不会让她进门，甚至都做好去夏曼曼宿舍凑合一晚的准备，可谁知道，她们并没有这么做。

推门而入，苏沛菡带着小心翼翼的目光看着宿舍的同学们，发现他们有的正在敷面膜睡觉，有的还正在看课外书，而有的则在煲电话粥，宿舍内被一片和谐的气息笼罩着，让她不自觉地便放松了下来。

“苏沛菡，你回来了啊。”看见今天为首为难她的那位短发女生再一次和她打了招呼，苏沛菡皱起眉头应了一声，便不想再理会她，这样的人，既然她不想招惹，还是躲着点的比较好。

虽然，在她的身上，苏沛菡没有再感受到今天早上的那种危险而又窒息的氛围。

“当知道你的背景的时候，就知道你不简单，果然还真是不简单。”她又说道。

“什么意思？”

“没什么，你看你，既然有能耐让贴吧里关于你的消息都销声匿迹，为什么不早点这么做，弄得早上多尴尬。”她耸耸肩，说完便上了床，不再理会苏沛菡。

苏沛菡不明白她说的话，只记得，她刚刚说到，关于贴吧上自己的消息，都销声匿迹了。

带着一种疑惑的心情，她便放下手中的洗漱工具，从厕所里走了出来，打开有些发旧的电脑，便上起网来，打开贴吧是她首要任务，当发现贴吧里原先置顶红色加粗的消息早已销声匿迹，没有半点消息。

似乎，这一切都没有发生过，如梦般。

二

一整个夜晚，她都没能睡好，按理说，关于她的负面消息被消除是一件很让人愉快的事情，然而她却心事重重。

在她心里，一直有一个想要想却不敢想的人，出现在她眼前。

会是他暗地里帮忙做的吗？

学校的贴吧消息，如果吧主不同意删掉，即便是学校也管不着，因为这就和私人会所是一个性质啊，如若不是背后有势力，怎么能做到帮她消除负面消息。

辗转反侧一夜，直到清晨，天空露出了一些鱼肚白，她依然没能睡好。

所幸不睡了，她悄然地从床上爬起来，动作尽量放慢，小心翼翼地不发出声响，生怕影响到别人休息。

她再度打开了电脑，想要再上贴吧看看情况，发现贴吧里，依然是没有关于她的消息，半点都没有。

心里带着疑惑，直到上完课，她才连忙从教室里走出，掏出手机，打电话给家人。

不过几秒的功夫，电话便被人接起，那头的人带着几分沧桑的嗓音问着："出什么事情了？"

"没有，我出来上学这么久，挺想家里人的，想打个电话给你们报平安。"她想了一会儿，悠然开口道。

"真是稀奇，是缺钱了吗？"

"没有。"

"哦。"

电话里好一会儿的沉默，苏沛菡似乎有些不习惯用这样的话题跟父亲对话，在她的印象里，只有和他无休无止的争吵和沉默，还真的很少有这样深切的关怀。

终于，她实在受不了这样的沉默，还是决定直接切入主题地问着："您最近有没有看过我们学校的 BBS 论坛？"

这话一问，倒是明显把他问得有些愣住了，好一会儿都不知道该如何回答，只能讪讪地说："没有，公司最近很忙……"

"好，我没有问题了。"说着，苏沛菡便挂了电话，仿佛习以为常，反正，在他们的眼里，除了公司，就只有公司。

挂了电话之后，苏沛菡心里有一种说不出来的滋味，沉寂在自己的世界里，她应该是开心，还是难过，抑或是激动？

心里像是各种调料的瓶子在这一刻统统打碎，混合在一起，五味杂陈，不知所措。

开心和激动，是因为自己出的事情，确定不是家人在背后帮忙处理的，那么除此之外，她脑海里所认识的人，能够做得到的，便只有他，或者是他们。

而难过……

难过的是，父亲和母亲却从来都没有关心过她吧。

大脑里带着嗡嗡的声响，扰的她心烦，一个人安静地来到校园的小花园里，坐在宁静的湖水面前，安静地放空。

直到——

“叮——”的一声响，打破了这一刻的安宁，她机械般地打开了手机的短信栏，只见上面写着：一切搞定。

她皱起眉头，望着这一串电话号码，却没有任何备注，不禁失了魂，她连忙打过去，想要追问对方是谁，电话接通的那一刻，她的心里在微微颤抖。

“丫头，我这也不算是帮你，也是在帮我弟弟，要知道，这种事情谁摊上都不舒服，更何况还拉上一个无辜躺枪的人。”林桑的声音带着几分的性感魅惑。

“如果你要还人情，找我弟弟吧，我现在准备出国出差，欠我的一顿饭，找他还好了。”林桑说完便就直接挂机，干净利落，不留一丝一毫的余地。

但是，即便是如此冷淡的言语和作为，却让她能够感觉到内心里有一股暖流正一股股地注入她的心窝深处。

三

正如林桑所说，苏沛菡真的去找了林伟填，凑巧的是，林伟填仿佛也像是在等着她一般，这个早已该休息的点上，他却依然在图书馆里安静地看书、做题，站在远处的苏沛菡一眼就可以看到他，美好的不像话，如果不是他先开口说话，她真的不忍打扰这一刻的美好，想一直一直地看下去。

“你站在门口，是想当门神吗？”他不说话则已，一说就“一鸣惊人”，倒让苏沛菡觉得十分尴尬。

“我……”

“你不要告诉我，这个时间点，你也是来学习的。”他说话的时候，一直没有抬起头来瞧她一眼，目光仍然是紧紧盯着书本，黑色的签字笔仍然在手中奋力挥驰，丝毫没有想要停下来的意思。

这话说得……苏沛菡心里有点不服，还真的跑到书架旁，认真地挑选了几本辅导书，便坐在他的对面，带着几分笑意说着：“图书馆不是你家开的，我为什么不可以在这个时间点来学习？”

林伟填终于抬起头来看了她一眼，面不改色地朝着她点点头，但……嘴角的几分笑意，好像是带着几分挑衅的意思，仿佛是在说着：看你能撑到几时。

苏沛菡也不甘示弱，还真的就开始认真地看起书来，遇到不会做的题，她就开始认真地埋头思考，长发垂直而下，将她半张脸微微遮住，可是窗外时不时吹进来的微风，又轻扬起她的发丝，颇有一些美意。

认真的少女也是十分的美好。

忽然察觉到有一束炽热的目光此刻正停留在她的身上，她也能够清晰地感觉得出那一束目光是从哪里发出来的，只是，她不曾抬起头看向他。

因为她知道，这一抬头，恐怕对面的少年，会立马收起目光。

其实，早在苏沛菡进来的这一刻，他们便就没了任何学习的心思，各怀心事，坐在彼此的对面，打着认真学习的旗号，目光却时不时地偷偷停落在他们彼此的手中笔，眼中书，身上衣。

宁静，美好，连周围的空气都变得甜了起来。

也不知他们这么僵持了多久，似乎是对面的少年先站起身子，抱起一摞书朝着书架走了过去，苏沛菡这才停下手中的笔，也朝着他走过去的方向望着。

只见他将一本本书整齐地排放在书架上，尽量的还原当时拿书时的场景，苏沛菡忍不住地感叹，就连认真放书的模样都可以这么的帅……

等他将书放回原位置之后，转过身来，眼神正巧与她相视，她惊得连忙转过头，继续将视线放在书本上，内心一颗心此刻正在“小鹿乱撞”，此刻，哪里还有什么心思去学习？

脑海里，都是他的场景，他的认真做题，认真思考，认真放书，都是他的模样。

林伟填看着她的举动有些忍俊不禁，双手插进牛仔裤的口袋里，慢悠悠地拿起放在桌子上的书包就准备离开，而在这个时候，苏沛菡终于忍不住喊了一声。

“做什么？”林伟填转过头来，上下打量着她，似乎是想看穿她到底想干什么。

“我有事情想对你说。”苏沛菡从凳子上站起来，与他四目相对。

四

仿佛是他早已料到她定是有事来找他，林伟填嘴角上不由自主地挂上了几分笑意，看着她的模样点点头。

“谢谢你，还有，也谢谢你姐姐林桑。”

“什么？”

“我不知道你有没有关注前段时间贴吧的帖子，闹得沸沸扬扬，我曾试着联系过管理员，请求删帖，减少负面影响，然而却没有什么用，后来，是你姐姐帮忙删掉了，并且让我来向你道谢。”苏沛菡一五一十地将由头讲明，林伟填这才恍然大悟。

林伟填前段时间倒是听说过这个传言，虽说他比较气愤，但是他也并没有丝毫责怪她的心思。反之，心里倒是有几分说不出道不明的感情掺和在一起，让他十分的不好受，所以这段时间里，他除了钻进图书馆里学习看书，将自己置身事外，他才能舒服一些，然而，他的确不知道，自己的姐姐，会跑去找她。

“我姐还说了些什么？”林伟填问着，他倒是忽然对这个事情开始感兴趣了。

突然被这么一问，苏沛菡倒也惊了一下，她开始渐渐回忆起，在确定没有什么重要信息之后，便回答道：“没有了，关于你的就是这些。”

“那……关于你的呢？”林伟填一边说着，一边向她靠近，直到与她的距离只有几厘米的时候，他才停住脚步，一股压抑的气息朝着她扑面而来，她有点不敢抬起头看向他的脸，更不敢看他的眼，声音也带着少许的颤抖说着：“没，没什么了。”

“撒谎。”他低声地说着，目光紧紧将她锁定在自己的视线范围内，但他却附身下来，贴在她的耳旁轻描淡写地说着这样的话，让她的耳朵一下红了。

“你……”苏沛菡不由地向后退了一步，紧紧闭着双眼继续说着：“那……作为感谢，我想请你吃个晚饭，就在明天晚上七点，离市中心不远的一家餐馆。”

忽然身旁的人没了声，可是苏沛菡却又不敢睁开双眼看向他，只是，她的全身血液仿佛在这一刻都凝固在一起，精神紧绷起来，等着他的答复。

“苏沛菡，为什么你总是要认错人？”他带着磁性的嗓音说着，却是让苏沛菡有些听不懂的话。

就在苏沛菡以为他这是要拒绝她的意思时，只是随后，他便又接着说：“好的，我会去的。”

一瞬间，血液飞速地在她的体内流动着、奔跑着，心脏像是重新复苏般地不停在膨出温暖的血，让她整个人都变得热血沸腾起来。

她猛然抬起头看向他，只见他却在不知何时，已经转过身，悠然地朝着图书室的门口前进，直到消失在这黑色的夜幕之中。

“这应该不是梦吧……”带着一些不真实的想法，苏沛菡掐了掐自己的大腿根，疼，真疼。

苏沛菡就差要尖叫出来，但还是告诫自己，要沉住气啊！

只是，第二天早晨，苏沛菡便被室友相继举报，说她夜夜都在说梦话，并且笑得不亦乐乎，然而她也只是笑笑不语。

五

华灯初上的A城格外好看，然而苏沛菡选的坐的位置也十分的巧妙，此西餐厅高达二十层楼，而她选择在十五楼的位置处落座，一大片落地窗将她的整个视野都开阔，A城的夜景美得不像话。

苏沛菡有点紧张，这是她第一次邀请男生出来用餐，并且邀请到的人却还是自己暗恋很久的人，因此，她今天特意好生打扮了一番，从头到尾，精致到毫无瑕疵。

原本披散下来的长发，在今天却挽成淑女头，头上卡着一个精致小巧的蝴蝶夹为她的头发增添了几分亮点与美感，在她的身上穿着长袖绿色的连衣裙，淡然优雅，一种说不出来的气质自然而然地由内往外散发，清新迷人。

一切都准备就绪，只差对面的人到来。

她望着对面的空位置不由得跌入了自己的幻想世界内，想到他英俊的侧脸，她的整张脸蛋都透露着绯红，暗恋中的少女，内心都充满着粉红色的世界。

时间一分一秒地过去，桌子上原本冒着热气的菜渐渐变得失去了原来的颜色，走过来的服务员将菜撤走一遍又一遍地进行保温，直到第五次之后，苏沛菡截住了准备想再次来热菜的服务员，说着："不用了，结账吧。"

在等候结账的功夫，她的目光一直都没有从门口处收回来，一直一直期望门口处会有他的身影出现，然而依然没能够等到。

从饭店里出来的时候，不知道何时开始下起了细细的秋雨，落在她的发丝上，脸颊上，有微凉的感觉，然而苏沛菡知道，最凉不过心。

原以为，这是一次绝佳表白的好机会，可到底是人算不如天算，终究没能够等到这一天的到来，或许以后，也都不可能有机会了。

有一些勇气，是只可以一而再，再而三，过三之后，再也不会像从前那样鼓起勇气地找他了。

"苏沛菡，这是最后一次，你是一个有自尊的人……"一路上，她对着自己轻声地说着安慰的话，听着自己一个人的脚步声，看着黄昏的路灯下自己的身影，她鼻尖有点酸楚，连忙将头抬了起来，眼前，却是一片闪烁的天空。

"没什么大不了的，无非丢的是不爱自己的人……"她就这么看着璀璨的星空，更加坚定地对着自己说。

苏沛菡也不知道自己走了多久，只是想在附近散散心，回过神来的功夫，这才看清楚自己现在在哪里。

这条路线是在自己学校附近的小公园里，因为环境较好，因此夏天和秋天这两个季节的人们来这里乘凉散步的有很多，大多为老年人和情侣，他们成双成对地出现在苏沛菡的视野里，让她有些忍不住想要皱起眉头看着这些人群。

她想，可能适合自己的地方，只有那一群跳广场舞的阿姨们了，那里热闹非凡，能将属于她的寂寞悄然掩盖。

目光紧盯着那群跳广场舞的阿姨们，听着那劲爆的跳舞音乐，她有些忍不住地也想过去凑凑热闹，却不承想被身后的骚动声所惊扰，刚想回过头来看看是什么情况，一道身影在她的眼前闪过，内心里仿佛有什么东西在此刻翻涌着。

是他。

六

她怕自己看走眼，连忙揉了揉眼睛，再定睛地看着那道身影，此刻的他正在奋力地向前跑着，而身后则是几个年轻一点的城管追着他，喊着："别跑！"

真的是他……

她连忙脱掉脚上的一双高跟鞋，赤着双脚，踩在微凉的马路上，抄着小路紧紧地跟着他的步伐，终于在他微微喘气的功夫，她也正巧追上了他。

苏沛菡想也没有多想，便用尽自己全身的力气将他狠狠地拉了过来，躲进了路旁的树丛中，她庆幸是夜晚，应该没有人能够发现这个偏僻的地方，也很庆幸此刻是深秋，如果是夏季，蚊虫叮咬让她一定会受不了。

被这一突发状况惊吓到的林伟天，正准备要叫出声来，却被苏沛菡死死捂住，直到那些城管们从他们眼皮底下离开之后，她这才松开捂在他唇上的手，扭过头来说着：“你怎么又被城管盯上了。”

“一不小心……”他挠着头，用一副不好意思的尴尬笑容看着她，冷淡的月光照在她的身上确实异常的好看，只是看上去似乎有几分狼狈。

一身连衣裙似乎是被树丛里的树枝刮了一条长长的道子，而脸上也多了一些灰色的污迹，只是，即便如此的狼狈，在他的眼里，却是异常的美丽。

许是被他盯得有些久，让她有些不自在，回想起自己在餐厅里久等他的模样，她心里的怒气便一下子燃烧了起来，心里像是被火烧了一样，煎熬的疼痛。

她推开他，想要离开这个鬼地方，没承想自己走一步，脚底下就会有钻心一般的疼痛感袭来，借助月光，她低下头看着自己的脚掌，这才发现，不知道何时，脚下被碎玻璃划伤，鲜血此刻正缓缓地流出，她仿佛能够感觉到这些热量此刻正一点点地离开自己温热的身体。

林伟天看到这一幕，便连忙走上前来，蹲下身，小心翼翼地将她的左脚缓缓抬起，观察着她的伤口，突如其来的动作倒让她受到了惊吓，她想要将脚踝从他的手中脱离开，却被他严肃的声音所吓到：“别动，你知不知道你的脚受伤了。”

“以前不知道，现在知道了。”她的声音之中还是带着点怒气，骄傲地回答着。

他抬起头看着她，她的表情分明是带着疼痛的模样，可是在发现他此刻正看着她之时，便连忙做出一副“今天天气不错”的样子，让他有点心疼，却也有几分的无奈。

“喂——做什么，快点放我下来。”苏沛菡只感觉自己腰部十分的受力，随后她就被横空抱起，她在他的身上扭动着，直到他说这么一番话，她才肯安静了一会儿：“你要再乱动，我可不保证你不会摔下去。”

“你现在是什么意思。”她双手紧紧地挂在他的脖子上，生怕真的会被他丢到地上去。

“什么意思？”他十分不解地看着她的脸庞，发出疑问。

“装什么傻啊，我在附近的餐厅等了你两三个小时，你为什么爽约？”

他猛然地停下脚步，认真地看着她的眼睛，而她的眼神里写满了怒意，他轻笑一声问着：“你……你很喜欢……我吗？”他想了想，还是将他这个字眼，改成了我，或许心里还会稍微好受一些。

七

被他这么一问，仿佛心里所有的心事全部被他当场拆穿，她连忙将头狠狠地低下去，恨不得钻进衣领里，想要遮住她已微红的脸庞。

怎么可以问得这么直白，这要让她如何回答？是要回答是吗，可是回答了之后，他会不会嘲笑她，会不会当场拒绝，或者直接被无视掉？要回答不是吗？可是，她无法抗拒内心里的真实答案，两头为难，如何是好。

就在她心里还在纠结着是否要回答他这个问题的时候，他忽然将话题扯开了，继而说着："让你久等了，刚刚的情况你也看到了，被人盯上，想去也去不了啊。"

"哦……"她轻声应下，心里的那些点小情绪便被他的一句话打得云消烟散。

原来，能够左右我的情绪，除了你，别无他人。她想着，带着点勇气，借助月光散发出来的亮光以及路灯下的昏暗灯光，偷偷看着他的侧脸。

我爱的男孩子，有着世间上最英俊的侧脸。

"脚还疼吗？"

"不疼……"她摇摇头说着。

"小傻瓜。"

苏沛菡依偎在他的怀中，只感觉去往医院的道路原来可以这么的遥远，多希望这一刻的时间能够停留在此，多贪恋几分他的怀抱，哪怕再多一秒也好。

靠在他温暖的胸膛上，一阵困意向她袭来，耳旁里除了阵阵微风的声音之外便就是他的轻声低语，他说，为什么总是在狼狈的时候遇见你，好像还说，我多想告诉你真相……

她揉了揉双眼，轻声的嗯了一下，便沉沉地靠在他胸膛上睡着了，其实她也有一肚子的话想要告诉他，她也总是在自己最狼狈的时候遇见他，就像是上辈子互相欠了对方好多好多钱一样，所以总是这样的心有灵犀。

等她再度醒来的时候，是被疼醒的。

苏沛菡揉着双眼，忍不住地发出一声"嘶"的声音，受伤的左脚也忍不住想要往后退，有一股强大的力量将她的左脚死死地掐住，并说着："别动，护士正在给你清理伤口，清理不干净是会发炎的。”

“可是疼……”她哼唧半天说着。

“疼也得忍着！”然而，他的言语里却是不容抗拒的声音。

在半逼迫下，总算是将她受伤的左脚处理完毕了，疼得她紧咬牙关，死磕到底，等伤口包扎好之后，她在眼眶里打转的泪水才轻轻掉下来，并且用无辜的双眼看向他，仿佛也带着点少许的责备：都是因为你!

许是被她责怪的眼神看得心里也不好受，他便轻轻敲了一下她的脑门，说：“你在这里等我。”而后便离开了医院。

苏沛菡看着他离去的背影，想着他到底会带来什么东西，心里满是期待，只是恰好这个时间点，她的手机却意外的响了一声，是短信的声音。

翻开短信，映入眼帘的字便是——速来，我在协和医院。

八

看着夏曼曼发来的短信，像是有一块儿巨大的石头狠狠地从高空砸在她的心上，重重地压着，喘不过气，她连忙将电话拨过去，然而却是一个冰冷的声音回应着她，对方暂时无法接通，请在滴声后开始留言。

苏沛菡有些心急地看向窗外，想要寻找那熟悉的身影，张望了半晌，却依然看不到他的身影。

她狠了狠心，不再等他了，因为不知道夏曼曼是为何进的医院，她此刻心里十分焦急，恨不得飞奔过去，忍着疼痛穿上高跟鞋，每走一步路都是那么得疼痛难忍。

“姑娘，你脚上的伤刚处理好以后不可以穿高跟鞋。”护士看着她一瘸一拐走路的模样，终于忍不住发出善意的提醒。

“没事，我可以坚持的。”

“你男朋友呢，不是说要你在这里等他回来吗？”

不知道为何，听见护士这么一说，她觉得她的脸一瞬间变得十分烫，她低着头，嘴唇挂起一抹笑意地说着：“他……只是我一个朋友而已。”

“小年轻的世界真是搞不懂了，明明看他紧张得要死……”护士摇摇头，一脸拿她没有办法的样子说着。

“谢谢，我朋友出事了，我得先过去看看，他如果回来的话，你帮我给他说一声。”语毕，来不及等护士再说一些叮咛的话，她便一瘸一拐地撑着身子离开了这家医院。

只是，等她打上了车，她便后悔了，因为车窗外的他此刻正在拼了命地往医院的方向跑过去，她连忙叫师傅停车，然而师傅却说：“姑娘，你开什么玩笑，这条道儿上可不允许停车。”

苏沛菡看着车窗外他渐渐消失的身影，于是拿着手机想要发短信，告诉他，她已经平安地离开了，也感谢他今晚将她送到医院，只是，当一则短信编辑完毕之后，她却忘记了一个至关重要的事情。

他的电话号码，她却不知道，她失了神，原来自己拼了命地去喜欢他，最终连一个关于他的具体消息都没有。

苏沛菡有点哭笑不得，看来这人情是要欠下去了，也罢，等什么时候遇见他的话，她再对他进行道谢吧。

只是，当林伟天飞奔到医院里的时候，却看见病床上早已没了她的身影，只剩下那名护士，此刻正坐在病床上看着报纸。

“哟，你回来了。”护士用余光瞥了他一眼，头也不抬地说着：“你那小女朋友刚走，她说她还有事，等不了你了。”

“那她去哪里了？”心急之下，他便脱口而出，要知道，她脚上的伤才刚好一点。

“病人也有隐私，这个我怎么会知道。”护士继而解释着，口吻里却带着几分嘲笑似的不解。

林伟天心里一阵失落，他想让她在医院里等着他回来，因为看到她疼的模样，他的心里也十分的不好受，后来他记得，自己曾在这附近打过工，附近有一家很好吃的章鱼烧想要买一份给她吃，只是，紧赶慢赶，还是晚了一步。

他将热腾腾的章鱼烧放在了护士的桌子上，头也不回地便离开了医院。

他多想将真相告诉她，可是心里却又十分的纠结，因为他不知道，她到底是喜欢哪一个人，心里有一个私心在阻止自己，可是嘴里又忍不住想要说出来，于是，在苏沛菡昏睡的那段时间，他终于鼓起勇气将真相讲了出来，只是不知道，她有没有听见。

九

当苏沛菡赶到市中心的协和医院之后，打听到夏曼曼所在的病房，急得她连敲门也不会，直冲冲地便冲了进来，发现夏曼曼此刻正半躺在床上，看着手中的报纸，听闻门声响起，抬头一瞧，正好撞进她的视线里。

“瞧你这狼狈样儿，去做贼了么？”夏曼曼看着她浑身脏兮兮的模样便忍俊不禁，直到看见她眼里充满了怒火，才肯收敛起那笑容，而后说着：“行了，赶紧坐下，我也不是故意嘲笑你的。”

被夏曼曼这么一逗，她真的是笑也不是，不笑也不是，面目表情十分纠结，最终她坐在了她的病床边儿上，问着："到底是怎么一回事，好端端的，怎么会进医院？"

"想看看嘛？"夏曼曼有点没心没肺的样子，逗着她说。

不过，看到苏沛菡一脸紧张的模样，夏曼曼也不敢再逗她，生怕她发起怒来，会将她撕成一片一片，苏沛菡脾性很好，但是这类人都有一个可怕的性子，就是不生气则好，一生起气来地动山摇。

想着，夏曼曼便轻轻抬起受伤的左腿给她看，只见她的左腿的膝盖上，早已用了生理药水，绑上了生理绷带，紫色的药水和血水多多少少有一些渗透到了绷带上，一抹诡异的花状模样此刻正染在绷带上，看上去多少有些可怕。

"这是怎么回事？"苏沛菡惊得忍不住从床上跳起来，然而却忘记了自己的脚上此刻也正有伤，这么一跳，疼痛的感觉立马窜到她的心窝处，疼得她条件反射性地蹲了下来，喘了好久的气。

夏曼曼看见她如此反应，有几分的不解，当夏曼曼的眼光看到她的手此刻正捂着左脚，心里一惊，便连忙问着："难不成你也受伤了？"

苏沛菡抬起头看着她的模样，只能对着她努力做出一个笑脸，虽然她觉得，可能会比哭更难看，但是为了让她放心，她一边笑着，一边轻描淡写地说着："小伤，没什么大事。"

"看来咱姐俩今天都跟左腿较上了劲。"

"别扯话题，你好端端的，是怎么回事。"

"别提了，我只不过想去阳台把被子抱上去晒晒，谁承想没留意脚下，自己甩了出去，还好有被子垫着，楼层不高，擦破点皮，不然真的要下辈子见了。"

苏沛菡听着她说出来的感觉，明明是那么的玄乎，但是她却云淡风轻，真是皇上不急太监急。

“没事就好。”眼看着她没有什么事情，她悬着的心也总算是落到了肚子里。

“有事，如果我一直没有被人送到医院里，现在可能还在学校里，等我病好了，得好好谢谢送我来医院的人。”

“谁送你来的呀？”苏沛菡看着她小脸红彤彤的模样真是好笑，便想要打破砂锅问到底，八卦一下。

只是，她的回答与反应，却让苏沛菡愣到底：“林伟填送我来的呀。”

林伟填送我来的呀。

林伟填送我来的呀。

……

这样的声音，久久无法在苏沛菡在脑海之中散去，如同被施咒的噩梦般，紧紧将她缠绕着，最后爆发出惊人一般的力量，让她刹那间听不见身旁的任何声音，也无法看见身旁的任何人，整个世界天旋地转，只剩下她一人。

十

苏沛菡最后怎么回的宿舍，她都记不清楚，只依稀记得天色很黑，月亮很大很圆，折射下来的月光显得冰冷刺骨，而耳畔旁边回旋着的声音，久久无法散去。

“你在开玩笑吧……”

“如果是开玩笑，我现在怎么坐在医院里陪你聊天？”

……

记忆刹那间翻涌而来，她狠狠地甩甩头，想要将这些都甩出去，可是她无论怎么用力地想要逃避，那些记忆像是长了脚，不停地找到她。

如果说，今天晚上是林伟填陪她进的医院，从而没有去赴她的约，那么，今天晚上陪着她的人，又会是谁？

灵异事件？

她摇摇头，这种发生在她身上的概率简直就是零，因为她从来都不相信神鬼论，要么就是她说谎，要么就是……

无论是什么，这两个结论，都是她十分不愿意接受的，夏曼曼怎么可能会骗自己，那是自己的好朋友，最后的话，她还没有定论，也不想去接受这样的定论。

可是无论如何，她的内心也早已泛起了一些打算。

一夜无眠，整个晚上她都在想之前的来龙去脉，然而这一想不要紧，想仔细了之后，她才发现，原来在她不知不觉之中，有太多太多信息都被忽略了。

比如，他为什么会性格截然不同，尤其是在她迷路的那一次，分明她记得是他先行离开，但却在十分钟后再度遇见他，并且连衣服都换了一身，这样的速度和距离，是不应该的。

她也清晰地记得，她喜欢的人，耳后有一颗小小的黑痣，是当初第一次带着她去外面兜风，她低下头来，不小心撞见的。

那么，如果真的是两个人的话，她只需要找到那个痣的主人，自然就皆大欢喜。

只是，即便这么做，她的心里依然会有一些不舒服，自己喜欢的人，喜欢了那么久，这才发现，自己喜欢错了人，这得是多么嘲讽的一件事情。

早早地吃过了早餐，她便连忙跑去找林伟填，根据夏曼曼交代，林家有两个儿子，只是被外界保护得太好，因此很少人知道他们的具体背景，哥哥和弟弟两个人的心又不和，自幼一个在国外生活长大，一个在国内长大，性格方面也会截然不同，除了两张脸相似，其余通通都不相同。

只是，这么大的差别，她现在才明白。

一边想着，一边快步地走到林伟填的宿舍楼下，面对众多人的指指点点，在这一刻，苏沛菡都不在乎了，没有任何人，任何事情，能够打破她现在的心情。

她在楼下站了许久，直到和林伟填一个宿舍的同学跑下楼来，说着："他不在，电话我也打过了，他让你去图书馆找他，他说，正巧他也有事想要对你说。"

苏沛菡在听见这个消息时候，几乎是用尽全身力气，疯了一般地跑去图书馆，一路上，她依然能够听见一些议论纷纷的声音，可是这又如何，她心里，只有一个疑惑，那个疑惑，让她感觉到恐惧。

直到她终于来到图书馆的门口前，厚重的玻璃门在被阳光的照耀下，显得那么的不真实，她走上前，双手轻轻触摸到玻璃门上，有几分的冰凉。

这是她第一次，不敢推开这扇门，曾经在这里给了她美好的幻想，她第一次觉得这个门里的秘密太可怕，她险些就退缩。

内心里的声音逼迫着她前进，她心一狠，果断地推开了这扇厚重的玻璃门，刚走进去，一眼便看见了他的所在。

他一个人坐在靠窗的位置，低着头，看着桌子上的书，一层层光晕照射在他的脸颊上，十分刺眼，安静而又美好，她都舍不得打破这个安静的画面。

脑海里，再度浮现出她之前所想到的句子：我喜欢的男孩子，他拥有着这个世间上最英俊的侧脸。

然而，她现在都不敢确定，这张脸，是不是世间独一无二。

苏沛菡深吸一口气，待自己放松下来之后，她便走上前，带着询问的口吻说着：“你……究竟是谁？”

十一

坐在苏沛菡对面的他，却显得不那么心急，慢条斯理地替她点了一杯红茶，用着温柔的语气说着：“这里的红茶不错，你可以尝尝。”

她微微一愣，许是有一种错觉，仿佛这一切都没有发生，所有的事情都是她一人凭空想象的，彼此，都还是原来的模样。

她鬼使神差似地喝了一口红茶，红茶之中泡了几片柠檬，酸酸甜甜，略带一点苦涩，在这深秋之中，属于必备的饮料。

他看着坐在自己对面的人儿，最终还是端起了茶杯喝了一些，这时他才肯张口继续说着：“昨天，没能如约赴约，因为临时出了一点事，耽误了，这一点，我需要解释一下。”

苏沛菡听闻后，目光之中带着点疑惑的闪烁，随即消失不见，她坐在座位上是那么的不安，仿佛是在等待着最后的审判。

“然后……”他放下了手中的笔，抬起头来看着她的一双眼睛，看得让苏沛菡心头微微一惊。

这是她第一次，那么不想直视他的双眼。

“我有一个秘密，想要与你共享。”

该来的……终究还是来了。

苏沛菡死死地将目光锁定在他的那一双眼睛上，等候他继续说下去。

“我的家庭背景，你应该很了解，那我就直白而言。”

“你的家庭背景与我相似，你也应该知道，富家人的儿子，从出生的那一天开始，便就注定自己的命运要与家族联在一起。因此，我从很小的时候，便被我爸我妈送到了国外，我姐更可怜，不但被送往国外，甚至在很小的时候，就让她接触金融学，直到她长大后，家里的担子自然而然就会给她少许，我爸妈，此刻也正在等着我长大。”

“或许你会说，我为什么这么傻，不懂反抗，的确有过反抗，只不过那个反抗的人却不是我，而是……”

不知道为何，在他说到这里的时候，似乎是故意停顿了一下，抬起头来，看着苏沛菡的双眸，苏沛菡心头一惊，她心里期待着他继续说下去，然而却又怕他继续说下去，那个答案，似乎要即将捅破她的心。

“是我弟弟，林伟天。”

终于，在这一刻，苏沛菡仿佛感觉天旋地转，整个世界都为之黑暗，所有眼前的事物都渐渐变得模糊，只剩下一个清晰的声音一遍遍重复着：那个人是我弟弟，林伟天。

林伟天……林伟填，多么相似的发音，她却分辨不清。

“他的脾气比我倔强，从小反抗，然而在家族企业里，是需要快节奏的生活方式，如果不行，那便放弃。因此，父母最终决定不再管他，但是会定期给他生活费，然而他倔强的脾气即便接受了，也不会用掉，对他而言，这是一个没有温暖的家，对我而言，其实也是如此。”

“我和他的关系并不好，他认为父母不爱他，完全是因为我和姐姐，他恨我，恨这个家庭，当然我也讨厌他，讨厌他的自私，讨厌他的高傲，讨厌他那倔强的脾气，和他见面从来不会超过三次，每次聊天不过三句，只是我也没能想到的是，他考学，也会考进这所大学内，不过好在，隔着的校区很远，远到骗过了很多人。”

她安安静静地听完他说的话，也了解到他们之间背负着什么，看似平静的外表，底下却掩藏着暗涌的风波。

她的手指此刻正不停地撕扯着纸巾，企图用这样的动作来掩盖自己内心的激动与不安，最后，她还是没能忍住出了声，用着颤抖的语气问着：“你……你认为，他考到这里的目的是为了什么？”

可谁知，他却面带少许的苦笑道：“不知道，或许，是为了在我的面前显摆吧。”

不知道……这个词儿，可真是万能的回答。

十二

“所以……第一次遇到的人，可能不是你。”她的脑海里闪过一些片段，从相识到相遇，再到现在的相知，一幕幕回闪，一幕幕地想起，这才觉得万分可笑。

原来，从头到尾，自己都是那个最笨的蠢蛋，暗恋一个人，喜欢了一个人，爱上一个人，居然也可以搞错？

她恐怕，真的是史上制造乌龙的第一人了。

看着自己对面的人儿却无话可说，她才渐渐接受了这个事实：“现在告诉我这些又有什么意思，你早就知道了，对不对。”

“是，我早就知道了，也早就怀疑过。”当他勇敢地承认这个事实的时候，她的脑子里忽然有当头一棒的感觉，晕晕的，天旋地转。

“为什么？”

“如果我说，一不小心就喜欢了你，你会不会觉得我是在撒谎？”

“不要再说了……”她头疼到不行，今天这一天承受的事情，都是让她无法掌控，她从来都没有想过，一切的一切，渐渐失去了自己的控制。

怎么可能会不说，天知道，他等这个机会等了有多久，直到今天接到室友的电话，他才发觉她的不对劲，与其让她先觉得不对劲，不如自己先做出击，或许最后，输得也不会太惨。

因为他不甘心，不甘心自己的弟弟处处都比自己要好，分明一个是在天上，而一个却在地下。

“最早的相识，我的确没有把你放在心上，因为我身边打扰我的女人不算少，多你一个也不算多，可是你的举动处处都是反常，你开始让我对你产生了一丝好奇，直到最后才发现，你可能认错了人。”

“没有让我有怦然心动的女人，我都不会放在眼里，可是你一次次让我觉得好奇，一次次让我有了对你新的了解，你并不像普通的富家子弟一样，那么讨人厌，相反比较有趣，只是这些，我了解的太晚。”

“所以……我来这里的原因，也只是想问清楚一个问题，你，到底是喜欢谁？”

最后一个定时炸弹，终究是抛在了她的面前，她被这一连串的事实炸得不知所措，也没了任何可以辨识的方向，可是这些问题，终究都是要面对的，不是吗？

谁让她自己犯了错，招惹了众人。

“我不懂你的意思。”说着，她便推开椅子，起身就准备离开，只是慌乱间，她不小心打翻了放在桌子一角上的茶具，热水烫过她的皮肤，立马红了起来，疼得她忍不住发出一声呻吟。

原本坐在对面的林伟填看着眼前这凌乱的一幕，连忙起身来到她的面前，用着洁白的纸巾，轻轻替她擦拭手背上和衣服上的茶水，然而，苏沛菡的一个不经意间抬头，却正巧停留在他的耳旁。

那里，没有那一个很不起眼的小黑痣。

她慌忙地推开正在仔细替她擦着茶水的林伟填，从图书馆里跑了出去，原本安静的图书馆里忽然发出这么巨大的声音，旁观者们一个个投来不解的目光，只是，当看到林伟填渐渐凝固着的不好的脸色之时，便又匆忙地将目光收了回来。

苏沛菡也不知道自己跑了多久，只是知道自己跑得很累，累到她无法均匀地喘气，她这才停了下来，用着缓慢的步伐，走过一栋栋教学楼，脑海里的回忆源源不断地涌入，直到停留在他那洁白的耳朵上。

她，真正的接受了自己爱错了人的事实。

第七章　天青色等烟雨　而我在等你

一

整夜无眠，她安静地躺在床上，细细回想起从前的过往，回想起那个男生死活拉着她的背包，也要让她买下自己的玉坠，想起第一次撞见他和他的姐姐吵架，而他不由分说就拉着自己跑去山坡上吹风，仰望整个A城，想起他第一次那么认真的和自己交谈过去，明明隐藏着心里的一切，但却要倔强地不肯认输，眼眸里的坚定会让她觉得格外有安全感。

然而回想这些过去的事情，都会让她有怦然心动的感觉。

那么他呢？那个原本就不应该招惹的人，该如何是好？

她一直想到黎明，渐渐的，答案也在她的心里越来越清晰起来。

直到第二次的夜晚降落，她来不及收拾自己的课桌，便就想要找到他，想要向他解释这一切，而他，仿佛知道苏沛菡会来找他，竟然一直等她到现在。

教室别无旁人，安静得连一根针落地的声音都能够听见，苏沛菡十分不喜欢这种压抑的气氛，她只想早点将这一团糟的事情理顺即可。

看到他一个人孤零零地坐在教室之中，她的愧疚感也渐渐上升，如果不是自己的大意，如果再了解深一点，或许就不会造成这番模样，他也许一如既往的是一名优秀学生，高高在上，不容任何人碰触，然而现在，却卷入了这场莫名其妙的暗恋之中来，偏偏对象，竟然还不是他。

换做是别人，恐怕早就闹翻了吧。

想到这里，她便快步走了上去，终于止步在他的面前，深呼吸一口气，解释着："林同学……我想了一晚上，觉得想了很久，也该讲清楚了。"

他冷眼一撇，不再说话，目光也不再看着她，视线停落在她的手上，此刻她的一双手，正在不停地交叉着，十分紧张。

她发现他不理自己，气氛瞬间冷到低谷，可是话已说出，便就没有回头的余地，继续说着："我发现，自己真正喜欢的人，是你的弟弟，林伟天，脑海里有关于他的回忆，永远都是他，我无法换成旁人，也代入不了谁，所以，这段时间带给你的困扰，我十分抱歉……"

"对不起，如果可以，我们连朋友也不要做了，我怕再次影响你。"语毕，她转身就想要走，却被他说的话狠狠刺中了她的内心。

"原来错爱上一个人是这样的感觉，这里也会痛。"他指了指自己的心脏位置，继而说着："你走吧，但是，林伟天曾经欠我的，必定偿还。"

"他欠你什么？我帮他还！"听闻这样的话，吓得苏沛菡连忙转过身来看着他，发现他的目光始终都不曾落在自己的身上。

“时间。”他笑着回应，然而脸部表情，依然带着几分严肃的气息。

“我不懂。”

“你也不需要懂，这是我和他之间的事情，苏小姐，你可以走了。”林伟填感觉，如果眼前的这个女人再不走，他无法保证自己能否控制得住自己，他讨厌这样失控的感觉，在他的生命之中，从未有人能够打破他给自己的一个平衡感，然而，苏沛菡却是第一个。

果然，喜欢上了一个人，就连自己的底线都会被改变，从前为自己设定的，都将推翻不存在。

苏沛菡，你知道不知道，你越是对他好，我越是想要让他得到失去的感觉。林伟填心里狠狠地想着。

苏沛菡看着他透露出几分不耐烦的气息，她也很识趣地闭上了嘴，她很清楚林伟填并没有什么耐心，如果再不赶紧离开，恐怕真的会惹怒他。

她不想再在这样的时刻，体会到他的那一张毒舌的嘴。

二

将心里的事都交代完毕之后，感觉心里压着的石头也渐渐地减轻，她终于能够微微地喘口气，不用再去想他们之间这样心烦意乱的事情。

然而她将这样的事情办妥之后，脑海里第一个想到的人却是夏曼曼，从高中开始，她暗恋的人便一直瞒着夏曼曼，虽然多多少少可能会被夏曼曼有所察觉，但是在这一刻，她还是想要找她，将这一切的事情都说清楚。

几乎是一路小跑到她的宿舍楼前，激动得连电话都放弃了拨打，便站在楼前，大声喊着她的名字，一遍又一遍。

终于得到了夏曼曼的回应，她渐渐现身在楼道上，看到夏曼曼满脸笑容，她的心情都为之大好。

夏曼曼一瘸一拐地慢悠悠走到楼下，虽然她的伤暂无大碍，但毕竟是受了伤，贴的药还在，疼得她不敢大步走路，生怕药水触碰到伤口，疼痛更加倍几分。

苏沛菡连忙上前搀扶着她，她开心的先是激动地拥抱了夏曼曼，让夏曼曼怀疑她的脑子是不是秀逗了，连忙推开她问着："你中了五百万吗？"

"比中奖五百万还开心！"

"那到底是什么事情？"夏曼曼想不通，无缘无故的，也没有什么重大的活动会让她开心成这个模样。

苏沛菡满脸上写着都是秘密的字眼，让夏曼曼猜得好不开心，就在夏曼曼想要发脾气的时候，苏沛菡却将她拉到了附近的一家小奶茶店，按照苏沛菡话里的意思就是：坐下来，慢慢聊。

有奶茶喝，并且还不用自己掏钱，夏曼曼这么一想心里也就开心了许多，还没等夏曼曼想要问她，她便自己就凑上来，细声细语地说着："我想告诉你我喜欢谁。"

"啊？"夏曼曼仿佛是自己听错了，带着几分不理解的口吻。

与此同时，她拿在手中的奶茶杯，也不由自主地紧紧捏紧了许多，指甲盖上的白印都印了出来。

夏曼曼在怕，她有几分的害怕，会听见她不想听见的名字。

她比苏沛菡还要紧张！

终于，苏沛菡喝了一口奶茶，笑嘻嘻地说着："我喜欢的人，是林伟天。"

“啊？”仿佛是一个深水炸弹，狠狠地砸在她的脑洞里，让她有几分的恍惚。

她开心的同时，也带着几分不确定地看向苏沛菡，要知道，这幸福来得太突然，突然得让她不可思议。

这么久以来，夏曼曼一直以为，苏沛菡喜欢的人，应该是林伟填才对，可是却不知道这神一般的转折，居然会是林伟天，那个很多人都不知晓的弟弟！

如若不是上次夏曼曼在小花园里正巧撞见了林伟填和林伟天在争吵，她可能永远都无法分辨出林伟天和林伟填的区别。

三

“你确定那个人就是林伟天？要知道，林家公子被保护的很好，你见到他，能分辨得出来吗？”夏曼曼歪着头有些不可思议地问着，似乎不敢相信这一切都是真的。

“我亲眼见过他们两个人。”苏沛菡此言一出，又是让夏曼曼心头一惊，看来，苏沛菡早就在不知不觉里，发现了这端倪。

苏沛菡看到夏曼曼的表情，满是惊讶，她却是苦笑了起来，继而说着：“我也是今天才弄清楚，我到底是喜欢谁，过去，我表白错了人。”

“表白错了人？”接二连三的疑问砸得夏曼曼晕头转向，她赶紧问着，连手中的奶茶也没有胃口继续喝下去，专心致志地想要听下去。

“我第一次遇见林伟天的时候，是假期里的一天下午，那天我似乎是约你逛街，但半路出了岔子，他拉着我，非要让我买他的玉坠，我当时又很急，只记得和他拉扯，后来我的背包也被抢了，没有路费去找你，只能匆匆回家，以及他塞给我的玉坠。”说起回忆的事情，仿佛历历在目，苏沛菡回想起这些可笑的往事，嘴唇总是挂着淡淡的笑容。

“再后来，我就拿着这个玉坠找他，可谁知找到的却是林伟填，而不是他。”

“富家子弟也有落魄到街上卖东西的一天啊。”夏曼曼有些不可思议的感叹，原以为这些戏码，在他们身上，永远都不可能实现。

“他们的身上，也有我们看不到的痛，就如同我一样，将来，也会被家里逼着出国留学，找个好人家，联姻，就算是完成了我爸的心愿。”

“啧啧，太可怕了……”

苏沛菡说起这些事情却一点也不觉得可怕，或许是早已习惯，但是只有她知道，她自己想要过什么样的生活，都要自己去追求。

“后来呢？”

“后来，发生了许多奇怪的事情，只是当时心急，都被我忽略了，才走到了今天的局面，不过现在都还好，一切都结束了。”她轻描淡写地说着，仿佛并不是自己的事情一般。

夏曼曼听完整个故事的来龙去脉，心底多少会有那么一点震惊，她万万没有想到，早在很久很久之前，他们就已相见，只是一切的阴差阳错，导致他们彼此丢掉了彼此。

现在，她终于可以放下一块一直以来就压在她心里的大石头，因为夏曼曼一直以为，他们彼此喜欢上的都是一个人。她放不下自己喜欢的人，也无法放下自己的好朋友，因此每次她都只能躲得远远的，但是心底多少都不会舒服，但这一次，明白了真相后，豁然开朗。

苏沛菡看着一直傻笑的夏曼曼，终于缓过神来，问着：“你在笑什么？”

“我啊……我也有个秘密想要告诉你。”夏曼曼脸上堆满了笑容，但是表情却做得十分神秘，让苏沛菡多多少少有几分想要追问下去的缘由，只是她还没来得及追问，夏曼曼便自己忍不住地说了出来：“我一直也有喜欢的人，从高中暗恋到了现在。”

“我知道，你直说是谁吧。”

夏曼曼有些吃惊，没想到自己喜欢上一个人，举动会那么大，一看她掩盖不了，倒不如直说的好：“林伟填。”

四

“原来如此。”苏沛菡笑着说，看着夏曼曼满脸的不好意思，甚至出现了脸红的表现，她便打趣地说着：“不过原谅我的迟钝，从前真的没有发现你的不正常举动，也是这段时间对自己的反省，才想到了一些不对劲的地方，也想到了你。”

“没关系，误会解除！”夏曼曼拿起桌子上的奶茶杯笑着说：“干杯！”

“不过，你会对他表白吗？”夏曼曼继续问着。

苏沛菡想了很久，还是摇摇头，说着：“他哥哥知道并不代表他知道，我也不好意思，与其多添尴尬，倒不如就这么暗恋下去，这样还会多一些希望。”

“可是不这么做的话……那么他永远都不会知道。”夏曼曼听闻苏沛菡这么一说，心里又有少许的纠结。

“每个人对事不同，你可以试试呀，我只是对自己没信心罢了。”苏沛菡连忙解释着，安慰她，让她放宽心。

“嗯！一定会找一个合适的理由，以及合适的场地，合适的时间对他表白。”他们二人对喜欢的人表示不同，一个是平平淡淡，一个则是想轰轰烈烈，可是无论哪一种爱情，最后的结果，都必定是细水长流。

一直聊到傍晚，她们才从温暖的奶茶店里走了出来，从奶茶店走出来的时候，被一阵风吹得瑟瑟发抖，苏沛菡将自己脖子上的围巾紧紧地缠了一圈，看着大街上的人们穿着越来越厚实的衣服，她这才有些感叹，这一年终究是要走到最后了，初冬毫无征兆地来临。

和夏曼曼手拉手一路走回校园，已经听着夏曼曼说了好几次好冷的字眼儿，苏沛菡只能加快步伐朝着宿舍楼的方向走去，只是忽然被一股力量拉住了，她扭过头来不解地看着夏曼曼，问着：“怎么了？”

此时的夏曼曼，双眼正看向对面那热闹的人群，丝毫没有看过她一眼，但却对着她说：“学校公告栏上写什么呢，一群人都在围观。”

“可能又有什么活动了吧。”苏沛菡看着夏曼曼双眼放光的模样，便就知道她的心里一定是波涛汹涌，十分想去看看，便拉着她的手往人群堆里走过去，果然，一放开了她的手，她便迫不及待地挤了进去，任何人都无法阻挠她那一颗爱八卦的心。

苏沛菡对这些事情倒不是太感兴趣，便远远地站在一旁玩起了手机，不过一会儿的工夫，她便听见夏曼曼的脚步声，跳到了她的身旁，一下将她抱住，苏沛菡一个不小心，险些摔倒，低声地吼着夏曼曼：“你干什么呢。”

“我觉得我的春天要来了！”夏曼曼开心地说着，等苏沛菡一个鄙视的眼神瞥过来的时候，她才解释着：“大学里一年一度的篮球赛要开幕了！”

“然后呢？”苏沛菡有几分的不解，她什么时候对篮球赛感兴趣了。

“篮球赛耶，万一他们也报名参加了怎么办？你说，我要不要赶紧去准备一下东西，如果他们队赢了，我就可以当众表白了！”夏曼曼越说越激动，拉着苏沛菡的手向学校的超市走去，让苏沛菡有些欲哭无泪。

但是，他们真的会参赛吗？

即便会参加，也只有林伟天吧，毕竟这种集体活动，林伟填从不曾参与。

五

然而这一次，苏沛菡却想错了。

夏曼曼将一堆制作表白的东西抱到离宿舍楼不远的小花园里，看见苏沛菡早早地就坐在小亭子里的长椅上，她满是带着抱歉的语气说着：“久等啦，真是抱歉，为了我一个人的私欲拉你出来受冻。”

而后，她将材料放在石桌上，又跑去不远处买了一杯热腾腾的热可可，这才觉得心里踏实了许多。

“你什么时候变得这么客气了。”苏沛菡笑着喝了一口热可可，果然，浑身暖和了许多。

“嘿嘿，毕竟这是我自己的事情，但却拉着你受冻实属不该啊。”夏曼曼坐了下来，便开始着手准备这一切，心里满满都是幻想，属于小少女心情啊，果然只有暗恋中的人才能体味到。

“你做这些东西是可以的，但是，你确定林伟填会参加吗？”她怕夏曼曼会搞错对象，这么一来，尴尬的何止是她自己一个人。

被苏沛菡这么一提醒，她连忙放下手中的东西，满脸都是笑意地对着她说：“公告栏的名单已经发放了，你猜猜，是谁参加？”

“林伟填！”苏沛菡笑着回答，看着她这么开心的模样，想必他是会参加了。

“不对！”

“啊？”听见夏曼曼的一声否定，苏沛菡不由得皱起了眉头，带着几分试探性的语气继续猜测着：“林伟天？”

“NO！”夏曼曼嘴角依然挂着高高的微笑，否定她的回答。

怎么可能都不对？两个答案都猜过了，总有一个是对的呀！这下，倒是让苏沛菡有些头疼，但是看夏曼曼的表情，不应该是错误的。

否则，夏曼曼早就会将这些材料烧了，哪里会有什么心情来做这些东西。

“再给你一次机会，猜中了的话，会有惊喜！”

苏沛菡甚至都跳出了这两个人选，将各个年级的风云人物都想了一遍，可是始终想不出来，除了他们两个之外，还有谁能获得他们的关注，于是她放弃了，摇摇头，不再去猜测，喝着热气腾腾的热可可看着夏曼曼，用眼神示意她，可以说出最终的答案了。

然而夏曼曼所说的答案，也不负她的等待，只是这个等待的结果并不是惊喜，而是惊吓：“是他们两个都参加！林伟填和林伟天！”

扑哧——！苏沛菡喝下去的热可可还没来得及咽下去，便全喷了出来，正行喷了夏曼曼一身，幸好夏曼曼眼疾手快，连忙从原来的座位上跳了出去，笑着看苏沛菡这副模样，打趣地说着："是不是受到了惊吓？"

岂止是惊吓啊！

苏沛菡连忙用纸巾将污渍擦干净，满脑子都是林伟填和林伟天两个人的名字，盘旋不止，十分惊讶。

这样的结果是她无法预料到的，也不可能预料的到，向来家族势力将他们二人保护得很好，然而这一次，却没想到他们二人会违背父亲的意思，私自将自己的身份暴露出来，只恐怕，以后在学校里的生活只会增添更多的麻烦。

六

"只是我比较担心一个问题，他们的身份岂不是要闹到众人皆知的地步。"苏沛菡终究将这担忧说了出口。

"不用担心了，公告一发放出来的那一刹那，所有人都在讨论，包括男生！"夏曼曼回想起自己在公告栏看到那两个相似的名字之时都为之一惊，等她反应过来之时，身旁的人群早已讨论得热火朝天，不用说，第二天的头条新闻一定是他们。

林家公子原本一人，何来二人？只能说家族势力太过强大，将他们保护得很好，如若不是他们私自抖出，或许一辈子都不会让人知晓这其中的真实消息。

有钱人家真是可怕，有钱有势的人家更是可怕！

苏沛菡却开始皱起眉头担心起来，她出生于世家豪门，她最为清楚，擅自反抗家族里的决定，将来付出的代价只会更大。

她因为帮助夏曼曼进入大学的事情，最终答应她的父亲，毕业之后被送去国外留学，而他们，可能不只是这样了。

夏曼曼可能看出苏沛菡的几分担忧，她便安抚着苏沛菡，说着："别担心了，既然事情是他们自己捅出来的，想必自然他们会来收拾这残局。"

"是啊，我再担心也是没有用。"于是，索性不再去想这些事情，便开始帮着夏曼曼制作她的表白工具。

直到黄昏时分，苏沛菡和夏曼曼二人才将这些乱七八糟的东西全部归置完毕，她们看着自己亲手做出来的东西，一股自豪的感觉油然而生，如果不是自己亲手设计，亲手制作，还真的无法想象，原来自己也是可以做出这么精致的礼品。

爱一个人的力量是伟大的，也是十分惊人的，可以把你不能够做到的事情到最后统统实现。

"时候不早了，你抓紧把这些东西搬回你的宿舍吧，我也有些事情，打算回去准备一下。"

"明天下午两点，可别忘记了篮球赛。"夏曼曼好心提醒着，看着远去的苏沛菡，嘴角上挂着一抹笑容，还好，自己爱的人，都还在，这是最幸运的事情。

苏沛菡离开小花园之后，并没有回到宿舍里，她却转身去了林伟天的校区，她的校区离那边至少要走十五分钟的路程，然而在这段路上，她便听着男男女女们口中相传的谣言，准确地说，现在不应该是谣言，而是即将要成真的事实。

然而，等她来到林伟天的宿舍楼下之时，一打听才发现，他已经好些天没回学校了，和他关系稍微好一点的同学，也不知晓他去了哪里。

其实，苏沛菡找他也不过是想问清楚他们之间曾经会有什么过往，为什么会忽然一起出现在同一个频道内。

虽说这是他们家里的事情，可是，她仍然是放心不下。

她想了许久，终于，脑海里灵光一闪，她或许知道一个地方，能够找到失踪已久的他。

七

已是入夜，山坡上的风要比平地上的风大了许多，苏沛菡这次学聪明了，穿上了棉大衣，戴着厚实的手织围巾，戴上棉口罩，全副武装起来，当她再度站在这个曾经俯瞰整个城市的位置之时，她第一次用心来感受这样宁静而又美丽的夜景。

她看了看手机上现在所显示的时间，此刻是晚上七点半，回想起上次他带她来这里时的时间，看来来的有些过早。

苏沛菡便选了一个风口稍微小一些的位置，摆弄着手机，拍下这美好的瞬间，而后，她躺在草地上，看着头顶上的星空，格外舒服。

也不知过了多久，她居然昏昏沉沉地睡着了，再次醒来的时候，是被冻醒的，她下意识地想要裹紧身躯，当手指触碰到温暖的毛毯之时，她便连忙睁开双眼，而这个时候，在她的身旁，却早已多了一个人的身影。

“啊……你是什么时候来的。”她连忙从草地上站起来，毛毯不小心掉落在草地上，当她正准备捡起来还给他的时候，他便抢先一步，将毛毯上多余的杂草轻轻抖掉，而后披在她那娇小的身躯上，口吻虽然温柔，但样子却十分不好：“裹紧点，天气入冬了，你一个人躺在这里睡觉，就不怕感冒吗？”

“全副武装呢，不冷。”看着他的模样，想必是有几分的生气，她带着少许俏皮的口吻回应，希望以此能够将气氛缓和下来。

果然，他很吃这一套，他那原本紧绷着的脸颊，因为憋着笑意而导致五官有着少许的扭曲感，他轻咳一声，便连忙找了一个台阶下说着：“你怎么会忽然来了这里？”

“没什么，想看看这里的夜景罢了。”她想了想，最终还是将肚子里一堆的问题狠狠地咽了下去。

苏沛菡的目光紧盯着他看，风起来，他的头发有少许的凌乱，但却一点也不妨碍他的帅气，月光下，她能够清晰地看到他那傲人的五官，她看了好久，仿佛是想要看出什么破绽。

他俩长的可真是一模一样啊，她不是没有见过双胞胎，可是见到的双胞胎多少都有一些不同，可是他俩，仿佛就像一个人一样。

像你的眉，像你的脸，可终究都不是你。

苏沛菡想多看一会儿，想要狠狠地将他记在脑海里，她不想再因为自己的马虎而失误，错爱他人。

许是被看得有些久，林伟天终于感觉到了几分异样感，先是用手整理了自己那被风吹得有些凌乱的发丝，而后又用手狠狠地擦了擦自己的脸，确定无事后，他终于忍不住地开了口，问道：“我……我脸上是有什么东西吗？”

“不好意思。”被忽然这么一问，她便回过神来，知道自己有多尴尬之后，便连忙道歉。

“听你的同学说，你已经很久没有回学校了，到底是因为什么事情呢？要知道，大学不是高中，翘课是要扣学分。”她试探性地问他，悄悄地盯着他的眉目表情看着，发现没有异常后，心里便放开了许多。

“我要赚生活费呀，而且，学校里人多眼杂，不清静，我还是喜欢安静一点的地方。”他解释得有理有条，让人找不出任何问题。

直到苏沛菡笑着说：“既然如此，为什么还要参加学校的篮球赛？”

被问到这个程度，如果他还发现不出来什么端倪，那么他才是真的傻，他带着少许的不可思议问着：“你想说什么，直说吧。”

苏沛菡听到他这么说，便也全部放开了，抛砖引玉一般地解释着：“林家有三宝，千金和两名少爷，林桑是你的姐姐，你有一个哥哥，名为林伟填，而你，就是那三宝中的一名，你叫林伟天，你们因为相似而常常被误解为同一人，恰好家族背景大，一手遮天隐瞒至此，但却没想到，你们自己先爆出来这样惊天动地的消息。”

八

林伟天第一次看不透一个女人，他见过无数的女人，有想抱着他们的大腿往上爬，有想嫁入豪门只求安稳一世，当然也有家境优秀不缺钱，但却想借机联姻，太多太多，通常对这样的女人，他除了不屑之外，便再无其他多余的感情。

认识她的第一天，他并不知道这个女人究竟是什么样子的，只是觉得，她的眼眸清澈见底，有着不一样的纯粹，虽然是他先招惹上的她，但他却无比怀念与回味，便瞄准机会，想要再见她一面，然而谁会知道，她竟然对自己的哥哥示好，被发现的时候，林伟天其实并没有太多的感触，原以为，她也就只是想借机上位而已，但当他调查清楚她的家庭身世之后，这样的想法便被立马打消，那么，她接近他们的目的，的确只有一个，简单、干净、纯粹与美好。

那这就是爱。

他开始怀疑起她究竟是故意的，还是真的不知道他们是双胞胎，从而爱错了人，直到今天，当她从口中说出这样惊人的事实之后，他之前的推测，都不复存在。

苏沛菡从他震惊的眼眸之中看出了别样的意味，她倒也不急着解释，只是反复地确定着："我说的，有没有错？"

林伟天闭上双眼，叹了口气，说着："没错，原来你早就知道了。"

"是啊，真是早就知道了。"苏沛菡与他并肩而坐，故意将早这个字眼发得特别重，而后说着："真是太早了，早在前两日。"

原来如此……原来，她也只是刚刚知晓。林伟天眯起眼睛看向她，仔细地打量着她。

"为什么不早些告诉我，你们不是一个人。"

"不敢说。"

"这有什么不敢说的。"

"因为……"林伟天叹了口气，而后不敢继续直视她的双眸，说着："我怕你知道答案会后悔，会失望。"

"所以你们二人一直都在演双簧戏，骗着我，就连你也是，居然还用你哥哥的口吻来同我说话。"不知道为何，听着他说话的口吻，苏沛菡心里却不是很难过，因为在他们的心里面，都有了一个共同的答案，这个答案的结果却不是很坏。

被逼问到这个份儿上，他却不知道该说些什么才好，只能保持着沉默。

二人不在吵闹，安静地望向眼前的景色，一望无边。

过了许久，苏沛菡终于适应不了这么安静的氛围，她还是先发制人地提了问，不过还好，对方也很给面子的没有拒绝这个问题："那你们以后想过怎么生活吗，毕竟现在，已经开始谣言四起。"

"照常进行，只是可能会心烦一点，也有可能转校吧。"

当她听见他说转校二字的时候，她好不容易平复的心情再度狠狠地纠缠在了一起，让她疼得大气不敢喘，可是她却不能说什么，毕竟，她现在什么也不是。

"苏苏，有些事情，我现在还不能说，如果篮球赛上，我能够赢，我会告诉你我的答案。"他说得那么认真，看着他的双眼，让她有些心跳加快。

"我会等的。"苏沛菡微笑着回应着，看着他的双眼，认真地点了点头。

她伸出小拇指头，对着他勾了勾手指，他也知道她想做什么，便回应着手指勾上她的小拇指，二人拉钩，这美好的瞬间，全部定格在了他们二人的小拇指上。

九

第二天清晨，苏沛菡一大早便就被宿舍里的几位八卦姑娘们吵醒，她们争先恐后地用着卫生间，有的抢不到卫生间，干脆就坐在自己的床前，打开化妆包耐心地化起妆来，这一举动，让苏沛菡有些恍然，直到有一名姑娘抬起头来看到她迷茫的模样之时，连忙问着："干什么呢苏沛菡，还不快些下来打扮打扮。"

"听说下午的篮球赛可热闹了，一群帅哥都聚集在此，要是勾搭走一个也是值了。”

“你想勾搭谁啊，难不成还想勾搭林家二公子不可。”

“他俩是人中极品，压根没想过……”

一阵的嬉闹之后，苏沛菡也只是笑笑不说话，只是简单地进行了一番梳洗，过后便走出宿舍楼，提前去了教室等着上课。

可别说，这一路走来，所有女生的脸上基本都化了淡妆，就连从来不化妆的学生会成员，此刻也一个个化得人模狗样，样子十分搞笑。

看来每届篮球赛，必定都是所有女同胞们的相亲大会啊，苏沛菡在心里忍不住的感慨。看样子学校很是重视这个篮球赛，早早地就看见学生会成员抬着各种各样的东西布置会馆。

直到中午时分，苏沛菡抱着资料从教学楼走了出来，看见一群女同学此刻正在排练着啦啦队的舞蹈，穿着打扮十分可爱，扭起的腰肢异常的美，不少途经此地的人们停下脚步，忍不住地看上几眼。

苏沛菡也是这其中的一员，她停下脚步，认真地看着他们编排舞蹈，可谁知他们跳到一半，便停了下来，只有悠扬的音乐依然还在播放。

这个时候，一名领队站了出来，开始扫视这一圈的人，最后，当她的目光落在苏沛菡身上之时，她便用手指头指了指道：“你，就你，出来。”

“我？”苏沛菡摇头晃脑地看了几眼其他观众，最终确定是她自己的时候，她这才站了出来，不经有些疑惑。

“啦啦队的队形编排有些大，少一个人，我看你形象不错，要不要来参加？”她的语气十分强硬，有着让人无法抗拒的力量，与其说是邀请，倒不如说是被强迫上去。

看这架势，苏沛菡不答应也是不可能的事情，她便只能答应下来，拿着他们统一服装，便去附近的厕所换掉，而后跟着他们的舞蹈动作一点一点地学着。

虽然是艳阳当头照，但冬天里穿着短袖短裙，迎着风跳着舞蹈，依然还是十分的冷，她只能强迫自己不能停下来，一旦停下来，只会更加的冷。

这一跳，便跳到了即将开始的篮球赛上。

会馆开放的时候，一群人都迫不及待的检票入场，这是苏沛菡第一次来到体育会馆里，会馆很大，至少可以容纳上千人同时观看比赛，只可惜苏沛菡没能体验到观众席上的位置，便跟着啦啦队们走进后台室里坐着，等着开场表演。

后台内早已成混乱状态，一部分人在考虑为谁呐喊助阵，然而双方意见各不相同，打的打，闹的闹，乐此不疲，只是，当主持人站在台上宣读着比赛的规则和注意事项的时候，她们便立马整装待发，与刚刚的她们简直判若两人。

“首先，有请美丽的啦啦队成员为在场所有的观众和参赛选手齐助威！”主持人说完，就轮到他们上台表演，苏沛菡心里不免有些紧张，要知道，台上可是有着无数双眼睛盯着看，生怕自己一个动作出错，那可真是丢人。

谁承想，苏沛菡所谓的担心完全就是多余的，一上台，她这才发现原来参赛选手都在篮球台上整齐地站着队列，默默地看着啦啦队上场表演，然而观众的眼神却从不曾看过啦啦队们一眼，那无数双眼睛整齐地看向台上两个相似的人——林伟填和林伟天。

仔细地听着一些闲言碎语，大概都是在讨论他们二人长得可真像，若不仔细分辨，真的看不出来他们会是两个人。

当苏沛菡一个华丽的转身，目光恰好落在他们二人身上，她的目光从林伟填的身上扫过，最终停留在林伟天的身上，看得死死的，仿佛是一眼万年。

十

一曲落幕，一场舞也跟着跳完，拉拉队员们喊出整齐的口号之后，便就要跟着退场，将整个舞台，交托给在场的参赛选手们。

苏沛菡跟着退场的同时，便对上了林伟天的眼，四目相对，让她下意识地脱口而出一个口型：加油。想必是对方也了解，便默默地点了一下头，她这才心安地站在幕后看着他们即将开始的比赛。

赛场上有着前所未有的浓浓火药味儿，只是，这火药味儿有几分的不对劲，仿佛这是一场生死决战。

“预备——”站在中央的教练高举着篮球，随着一声口哨响起，双方便展开了激烈的搏斗，只见他们奋勇抢球，不一会儿的工夫，林伟填的队伍便率先投进了一个球，一比零，占得了优势。

然而场内的哄叫声一点也不亚于看现场直播的明星篮球赛，他们加油的哄叫着，吹着口哨，更有自发的啦啦队居然整齐而有序地喊着口号，十分热闹。

看来，支持林伟填的人依然不少于支持林伟天的。

这不过是第一个球而已，苏沛菡安慰着自己，但双手因紧张而不耐烦地相互缠绕，劲度很大，双手被捏得发红，她却浑然不知。

然而几个回合下来，林伟天这队已经落下很大的分差，苏沛菡眼看着希望越来越渺小，只是，她心里有一股不肯服输的力量在拉着她往前走。

忽然间，在一场混乱的拼抢中，不知是谁不小心将林伟天用力地推倒在地，只听会场上的一声尖叫，让所有人都屏住了呼吸。

“天天！”苏沛菡是最先反应过来，她连忙从幕后冲到赛场上，一时间赛场混乱，各种杂言四起，苏沛菡好想冲进去抱着他，想看看他的伤势如何，只可惜，在他的身旁一层又一层的人群将他重重包围起来，随后，他被校医院的担架送了过来，在他准备被抬下场之际，他的一只手穿越人群，狠狠地拉着她的胳膊，让她为之一惊。

“天天……”苏沛菡激动地回应着他的手，连忙趁机问：“你的伤，严重吗？”

“只是轻微扭伤，不严重……但是，我可能没办法继续比赛了。”他冲着苏沛菡轻轻微笑，但是苏沛菡的表情却表示的毫不在意，摇着头说着：“安心养伤，过后我会去看你。”

苏沛菡的话音刚落，校医便连忙抬起担架将他抬走，他还想要对着她说些什么的时候，也只能是转化为微笑。

“比赛结束，林伟填队获得最终胜利，恭喜获奖，颁奖仪式在下周一举行。”由于赛场上的突发状况，裁判也只能抓紧时间匆忙结束比赛，二十比十，林伟填赢了。

听到这样的宣布结果，苏沛菡下意识地抬起头来看向他，正巧，他也一直在盯着她看。

刚刚那一幕，他全然都看在眼里，当林伟天受伤的时候，她是率先冲了上来，就连林伟天最终输了比赛，她也是依然鼓励着林伟天，看得出来，她的眼里，全是爱意。

一个人爱不爱一个人，从眼神之中就可以看得出来，眼神，是无法欺骗任何人的。

他们两个也不知道盯了多久，苏沛菡感觉空气里都弥漫着尴尬，她轻轻微笑，点头示意，走到他的身旁，笑着说："恭喜。"

十一

"对我而言是恭喜，那么对你而言呢？"林伟填看着她皮笑肉不笑的祝贺，心头有些烦躁，原本想要忍住对她说任何话，最终还是没能忍住。

似乎自从遇见她认识她开始，他的心里始终无法安静。

"输赢，又有什么意义。"苏沛菡老实地回答着。

"看来我和他之间的赌约，他并没有如实告诉你。"林伟填终于透露出了几分笑容，但只有他知道，他心里有那么几分的悲凉。

她说的没有错，赢了又能如何，输了又能如何，爱的人又不会靠这个来爱上自己。

就在苏沛菡还想要问他们之间到底是什么样的赌约之时，赛场上的灯光忽然被人切断，全场一片漆黑，尚未离场的人们纷纷下意识地尖叫不已，人们总是有着这样的恐惧，对未来，对黑暗，有着恐惧。

因为谁都不会知道，下一秒究竟会发生什么事情。

大概过了一分钟之后，在赛场上忽然就传来了一道亮光，让在场的人瞬间安静下来，仿佛是在黑夜里看到了莫名的希望，心里反而踏实了下来。

随着那一道亮光出现，在苏沛菡和林伟填的中央，一束心形的亮灯照在他们的身上，苏沛菡瞬间知道这是出了什么幺蛾子，她一面偷笑着，一面悄然地从一旁退了出去。

终于，真正的女主角这才不慌不忙地登场了，在她的手中，还推着一辆车子，上面是插满了蜡烛的蛋糕，十分浪漫。

随后，众人这才反应过来，这明显就是表白啊，不少女生唏嘘不已，当然这其中也不乏赞赏的声音，要知道，当着众多人的面表白，一定是下了很大的勇气和赌注，表白的对象，还是那不食人间烟火的林伟填。

看热闹的不嫌事大，那些原本要离场的人们，这一刻都安静了下来，静静地等着最终的结果，甚至有的人不约而同拍起手来，吹着嚣张的口哨。

两束白光打在他们彼此的身上，这一刻，大家才看清女主角的真容，夏曼曼虽然不是沉鱼落雁的美，但相貌也是数一数二，众人不由纷纷地叹了口气，果然是看脸的世界，难怪她不畏惧当众表白。

只见她拿着黑色的话筒，与他面面相对，今晚的她化了一个淡妆，搭配她穿着的紫色连衣裙，透露着高贵的气质，她眨着硕大的双眼，盯着他的双眼，一字一顿，缓慢而又深情地说着："从高一见到你的那一刹那，我就一直暗恋你到如今，我知道你身边不缺乏追求者，更不缺乏偷偷暗恋你的人，可是我却敢保证，能够暗恋你长达三四年的人，或许真的只有我一个，在我得知篮球赛有你要参加的时候，我便准备了这一些东西，原以为没有机会进行这个计划，万万没有想到你赢了，我下的赌注也灵了，我觉得这也是上天冥冥之中的安排，为何我不接受呢？于是，便有了今天这场闹剧。"

“不知道有没有给你带来巨大的困扰，可是对不起，我真的很喜欢你……”

十二

夏曼曼的表白词结束的时候，或许代入感太过强烈，在场许多女生都有些感动，眼眶微润，就连苏沛菡也是鼻头一酸，忍不住想要为她而鼓掌，她最终还是做到了。

全场在座的所有人，此刻都在忐忑不安地等着从他嘴里冒出来的结果，期间，也有不少的男同学们开始有些愤愤不平地私下小声说着：“要是我知道一个女生暗恋我这么些年，我早就从了！”

然而，就在这个时候，他的声音响了起来，明明没有拿着话筒，但声音足以镇住全场：“你的确给我添了很多的麻烦。”

他的回答，是在场所有人都未能预料到的，大家明显都为之一愣，尤其是夏曼曼，更是心惊肉跳，心里满是不好意思。

“对不起……”既然他都这么说了，那她也只能不好意思地道歉，然而夏曼曼的心里，开始多了几分的不祥和担忧感。

“用不着道歉，看在你暗恋过我这么些年的份儿上。”

“那你……”听到他这样的回答，夏曼曼连忙追问着，心里像是多了一束希望的稻草一般，紧紧地抓着不放。

“全当是我为接下来的拒绝赔礼了。”他依然微笑地说着，然而目光，却再也没能停留在她的身上。

夏曼曼不但震惊，相反心里更为难过，她一个弱女子，当着全校人的面当众进行表白，舍弃一切，奋不顾身的只为了他，他不但拒绝，反而用她这么些年暗恋的时光来羞辱她，她怎能不难过。

她的目光一如既往地看着他，从未离开过，顺着他看去的方向，她也望了过去，借助微弱的灯光，能够清晰地看见那人是谁。

竟然会是她……苏沛菡！

难道，他会为了苏沛菡而当众羞辱自己？

她明明早已说过，她喜欢的人不会是他的！

夏曼曼想到这里，想到这里的人是那么的多，她早已没了颜面站在这里，也说不出任何话来反驳他的拒绝，她只是万万没有想到，她输给的人，是自己的好朋友。

苏沛菡很明显能够感觉到有两束目光看着她，她分明站在黑暗里面，却没有想到还是被他们捕捉到，一束目光带着异常的温柔，然而另一束目光，却带着刺。

她很想上前解释一些什么，然而她只走了一半，便又退了回去，因为她实在是不知道，她应该还要解释一些什么，这分明不是她的错。

夏曼曼看着她的脚步猛然停住之后，她心里错乱复杂，胸腔里燃烧着一团炽热的火焰，无论如何都下去不了，最后，她将蛋糕狠狠地扔在地上，而后逃离出这个会场。

所有人看着夏曼曼离开的背影，都忍不住地唏嘘几声，看来林伟填依然没有变，他还是那么的不食人间烟火，也有些女生庆幸，庆幸自己没有那么大的本领，否则当着众人的面被羞辱，怎么也过不去心里的那道坎儿。

夏曼曼离开之后，会场的灯光再度打开，刺眼的灯光突然射进眼内，到底是有那么几分的不自然，苏沛菡眯起双眼，看着站在原地的他，他依然那么云淡风轻。

林伟填感觉到她的目光看过来，他这次却没有回应她，只是轻咳一声后，便也跟着离开了。

而苏沛菡的心里，仿佛能够预感接下来会发生什么样的事情，夏曼曼定是误会了什么，和她的友谊，可能也长久不下去了。

第八章　我不爱你，只想占有你

一

然而奇怪的事情却不止这一件，更奇怪而可怕的事情就是连已受伤的林伟天在某一天里，突然消失不见，没有留下任何的只言片语，更没有任何人能够联系上他。

苏沛菡此刻，正像疯了一般地到处找他，怎么可能，活生生的一个人，不可能凭空消失，她根本不会相信这个世界上会有穿越时空这么一说。

直到她别无办法，脑海里已经想要动用家里的力量暗自去调查，可是她忽然想到父亲那一张严肃而又可怕的脸庞，这个念头，便被她活生生地咽了下去，要知道，她的父亲，是一个十分喜爱低调，为人处事绝不爱张扬之人。

只是让苏沛菡没有想到的是，除了她在疯狂地寻找林伟天，林伟填也在暗中进行着找人的计划，只是，事情也毫无进展。

也不知过了多久，久到让苏沛菡险些要放弃寻找他的念头，林伟填却出现了。

他就站在离她不远处，这条小路是她回宿舍的必经之路，人少，安静，正巧符合他不喜人多嘈杂的特点，将她半路堵在这里，是再好不过的办法。

被突然而来的林伟填吓了一跳，她没有想到的是，许久不见的他，今天会来找她，看着这样的架势，她是跑不掉了，只能面对。

苏沛菡深吸一口气，脚步虽然放慢，但却没有停止向前的意思，终于，与他站在同一盏昏暗的路灯下，她皮笑肉不笑地问着："有什么事情吗？"

虽然灯光昏暗，但是她的那种笑让他一阵的不爽，他忽然玩心大发，便慢悠悠地开了口："你难道就不想知道他的下落？"

都说打蛇打七寸，这一点放在苏沛菡的身上是非常有效的，虽然她一直想要压抑住这段情感，但是她无论怎么控制，依然还是在慌乱中露出了马脚，表情异常的惊讶，带着一些不可思议的质疑，问着："你知道他的下落？他现在在哪里？"

虽说这样的反应，正好是在他的预测之内，但是看着她替他焦急的模样，他心里一阵的翻腾，强压下这股让他极为讨厌的感觉，继而摇着头说着："我也不知道，所以才来问你，毕竟你和他认识这么久，难道就没有一个你们两个人曾共同去过的地方吗？"

"我都找过了，就差把整个A市给翻过来。"听到她不想听见的回答，她低着头，十分无力地回答着。

"这个地方，能否告诉我？"心里有一股反感的力量在告诉他，他想要知道，如果说的更直白一点，他们的共同地方，他也想要得到。

可是苏沛菡想都没有想，很直白地拒绝回答他的问题，这让他心中更加恼怒，他逼近她，原本唇角边还挂着一点的微笑瞬间磨灭，板着一张可怕的脸，询问她："你确定不给我说吗？"

二

"我告诉过你了，他不在，他可能已经不在A市，你如果有逼问我的闲心，倒不如多叫些人找找他。"说完，苏沛菡心里忽然有一股不祥的预感，她只想赶紧地离开这个鬼地方。

或许发现苏沛菡有了想要离开的念头，他继续逼近她，直到让她稍微后退，在昏暗的灯光下，他能够清晰地看到她的脸庞，此刻眉宇间，到处充满了不耐烦。

他有些发愣，难道女人都是这样子的吗？面对自己不爱的人，都会是一副不耐烦的表情吗？从前那个一直跟在他身后的小跟班，已不复存在了。

想到这里，他的目光变得更加犀利，紧紧地将她盯着，他的眼神中，有一股不可触犯的力量，让苏沛菡头皮一阵的发麻。

"你……你到底想如何？我能告诉你的信息，都告诉你了。"终于，她不喜欢这种陌生而又可怕的眼神，她随机脱口而出的这番话，也没有想是否会触犯到他。

不听话的下场，便是被他狠狠地抓住，他捏着她的下巴，用着力气紧紧地捏着，让她无法动弹，她知道，这样的力度，如若她敢动一下，保不准会被他捏碎。

想到这里，苏沛菡忍不住打了一个冷战，看着他的目光中带着几分恐惧。

这种眼神，是林伟填从未遇见过的，就连他曾狠狠地嘲笑她，拒绝她，她也从来没有用这样的眼神和他交流过，胸口微微有些疼痛，他虽然将手中的力度减轻了一点，但目光却不曾改变，狠狠地说着："你难道不想知道，我和他到底打了一个怎样的赌约，让他忍不住躲了起来吗？"

他知道，只要有关于林伟天的事情，她都会耐心地听下去。

果然，在苏沛菡的眼神之中，终究是看到了几分异样的光彩，却也只是一刹那，她说道："如果你想告诉我的话。"

他不禁冷哼一声，还真的就告诉了她："在篮球赛之前，我便找他协商，他本是一个不服输的人，因此被人挑战，一般都会愉快地接下战书，因为在他的世界观里，他从来都不会输。"

"可是谁会知道，这次他没那么走运，还真的就败在了我的手下，也是唯一的一次，可是即便这样又能如何，我只要这一次机会就很好了。"

"我说，输了的人，必须接管家族企业，接管家族企业之前，都将会被安排出国留学三年，才能够回来接管，然而这个条件，对于我们家里的人而言，恐怕除了我的姐姐以外，还没有人想要回去。"

"压抑的气氛，没有任何自由，你的一切都在家族的掌控之中，钱财万贯又如何。"说到这里，他顿了顿，忍不住望向她，只见她的表情云淡风轻，天塌不惊，仿佛这些事情，她都早已经历过一般，没有什么可诉说的。

"你的家庭背景与我相似，你应该会明白。"末了，他补上了这么一句话，而后便安静了下来，等待着她的回应。

过了五分钟，在他的世界里，这五分钟却异常的漫长，像是忐忑不安地再等待着什么，她终于开了口，说着："原来，你之前所谓的时间，指的就是这个，你要让他经历一次曾经将你送出国外念书离家的经历吗？"

“不，是永久。”他继而说着。

三

他说的认真，她听的也很认真。

她说：“我没有资格评价你们家里的事情，毕竟我是一个外人，我只担心他的人身安全，此刻，我不知道他在哪里，我会担心，无论是什么感情也好。”

“但是我必须要承认一点，你不是我很久之前所认识的你了。”苏沛菡的最后一句话，仿佛像电一般狠狠地击中他跳跃的心脏，仿佛心脏漏跳了一拍，如此的心慌。

“在我的眼里，你虽然高傲，但却不会伤害他人，你虽然冷漠，但却不自私，然而你今天的做法，让我有些恐惧，可能是我太过片面，没有为你考虑过。”

他不说话，手掌却紧紧地握成了一个拳头，狠狠地不撒手。

“如果你知道他在哪里，你可以告诉我，我会找他，如果你不知道的话，那就不用浪费彼此的时间了。”语毕，苏沛菡便要从他的身旁走过，苏沛菡多怕他会再将她狠狠地拉住，看着他那可怕而又陌生的眼神。

只是，这一次，他却没有再动手拉住她，他没了任何力气，她的话，如同可怕的魔力，将他内心所有潜藏的力量统统吸走，他哪里还有力气去挽留她。

直到看着她远去的背影，他的内心里最后的一步险棋终于要开始发力了，只要能够找到林伟天，怎么样都可以。

正巧，她不是也在找他吗？他不过做了一个顺水推舟的事情罢了。

初冬晚上的风虽然不大，但每一阵的风都会让人感觉生不如死，这一年的最后一个季节，是苏沛菡最难熬的季节。

只见她一回到宿舍，便就连忙脱下了大衣，双手早已冻得发红，打了一盆热水将手放进去，异常的温暖传遍整个身躯，让她放松不已。

回想起林伟填对她说的一句句话，场景一幕幕地浮现在自己的眼前，她的心里乱如麻，虽然在他的面前表现得很镇定，但是却没有想到，他会真的这么做。

天天，你到底在哪里，知不知道，我们找你找得快要发疯。苏沛菡洗了一把热水脸，猛然抬起头看着镜子中的自己，只见镜子里的她满脸都是水珠，一脸焦急无奈的模样，看到这里，心里只会更加的难过。

一晚上翻来覆去，终究在极度疲倦的状态下睡着了。

然而时间不长，她便被上铺的室友急忙地叫了起来，蒙眬中，她甚至隐隐约约地听见了夏曼曼撕心裂肺的吼叫声。

待她看清室友那一张焦急的脸之后，她便连忙从床上坐起来，发现此刻宿舍门外噼里啪啦地传来巨大的拍门声，让她不禁从心底里油然生出一种不好的感觉。

“我说，苏沛菡，自从你来学校之后没有一刻是安宁过的，看来从前贴吧里谣传关于你的言论，想必十有八九都是真的了。”一名室友终究是不爽地回应了她一句，苏沛菡没有任何怨言，毕竟大清早的来闹事，吵醒整个宿舍里的人，是谁恐怕都不愿意。

苏沛菡憋着气，立马下了床，快步地走向宿舍门前，深吸一口气后便将门打开，开门的那一瞬间，她似乎是能够感觉到一张有力的大手掌正巧拍在她的脸上，只感觉耳朵一阵嗡鸣，接着脸颊一阵火热的疼痛感伴随而来。

夏曼曼有一秒钟的惊慌失措，因为她并不是故意想要这么做，但是既然做了，她也不会认错，更是理直气壮地看着她。

感觉到带针一般的目光后，苏沛菡不急不慢，轻声细语地说着："你有什么事情吗？"

语气里，更多的是惊喜，自从上次表白失败以后，夏曼曼便再也没有找过她，她不是没有主动找她，但均被她高冷的语气和态度拒之门外，一来二去，她渐渐地也开始没了心力，然而却没有想到，她今日会来找她。

虽然时隔多日不见，却没想到再次相见的方式会是这样的场景。

四

"你说呢，苏大小姐。"夏曼曼可不管周围有多少人在围观这个事情，也不管有多少人对着他们指指点点，她只知道，她定要为自己讨一个说法。

"如果我清楚的话，我自然会解释。"苏沛菡到底还是有几分理智，淡然地问着她。

"你可真会装。"语毕，夏曼曼便从她的书包中掏出一封信丢在她的面前，用眼神示意者让她看一看，等待着她接下来的解说词。

这一丢，到真的是把苏沛菡给弄得十分茫然，这封信究竟是什么？她从来没有见过，可是当她拆开信，阅读里面的内容之时，她便一下就慌了起来，装出的一副淡定自然的模样也不复存在。

看着她紧张慌张的模样，夏曼曼心里更加认定了这个罪魁祸首，带着几分轻蔑的口吻说着："苏沛菡，你看着可眼熟？"

周围的围观者听到她这么一说，更是好奇，纷纷忍不住想要凑近看个究竟，然而关键时刻，苏沛菡却将信揉成团，紧紧地握在手中。

她害怕、慌张，并不是因为这封信就是她做出来的事情，而是信里面的内容，竟然都是有关于夏曼曼当年高考成绩的真实分数信息，虽说苏沛菡用她的自由换取了夏曼曼考入A市大学，拖了不少关系，但到底是黑幕，如若这个分数公布在众人眼下，那么夏曼曼就真的待不住了。

到底是谁做的……能将她们的资料翻出来，一定不是等闲之辈。

"苏沛菡，你倒是给我一个解释啊。"夏曼曼的内心此刻是十分纠结的，她一方面不希望是她做的，另一方面却不敢承认过去的模样。

人在最完美的时刻，总是会用尽一切手段和办法去封杀有关从前的黑材料，纵然是自欺欺人。她不过是一个平凡的人，没有家庭背景也没有任何手段，可是她唯一能够将自己打扮完美的，便就是在这所大学继续念完书，离开，步入社会，这才算一个阶段性的蜕变成功。

眼看即将要成功了，却好死不死地收到这封匿名信，拆开阅读之后，她的脑海里没了自主思考的能力，她能够想到的人，除了苏沛菡，便再无第二人知道她的事情。

"曼曼，我们找个地方慢慢谈好不好？"苏沛菡看着这里人多眼杂，十分不方便谈论此事，她想要拉夏曼曼去一个较为安静的地方好好解释，可是当手伸过去想要拉住她的胳膊之时，却被她狠狠地拍掉。

“你还需要解释，谁听我的解释？”夏曼曼越说越激动，眼看要脱口而出，在关键时刻，苏沛菡一巴掌打了过去，阻止了她，但换回来的，只是更加犀利可怕的眼神。

“苏沛菡，我恨你。”语毕，夏曼曼便待不住了，哭着冲出了人群，渐渐消失在众人眼下。

众人看着苏沛菡，发现好戏已散，便都吵吵着要回去补眠，渐渐的，就只剩下苏沛菡一人站在门口发着呆，看着打过她的这双手，忍不住地颤抖。

我们之间明明那么近，可是为什么像是隔着一整条银河般的距离，开始变得那么遥远。

五

“神经病，苏沛菡，下次再吵到我们，我绝对要把你告到教导主任那边去，要求换宿舍。”

“大清早就闹心，一整天都不会好了。”

“烦都烦死了，遇到她真是倒霉。”

……

苏沛菡默默地不去回应着他们的抱怨，只想快速地换好衣服，打着车便飞奔回家，当家里的阿姨看到她的身影之时还十分的惊讶，小姐这是有多久没有回家了？只是看着她气冲冲的模样，便也不好开口打招呼，只能说着：“老爷在书房。”

苏沛菡点了点头，算是打了招呼，而后便飞奔到书房内，果然他在，就像是父女心有灵犀一般，每当她有什么事情需要找父亲帮忙的时候，他总是会在书房中。

而苏老爷倒也不急，却也不惊讶，仿佛是算准了她会回来，只瞅了她一眼，便又钻进报纸里面看着，可苏沛菡着急，连忙将他的报纸一举夺下，而后说着：“爸，我找你有事。”

苏老爷将眼镜推了推，神情中带着几分平静，说着：“你说。”

“帮我把这件事情摆平。”她将这封早已捏烂的信件丢到他的书桌上，神情严肃地说着。

他看了看，便就将信放在桌子上，推到她的面前，说着：“当初你让我帮你办这件事情的时候就应该会料到，总有一天会东窗事发的。”

“可是她是我的朋友，我只能这么做。”

“如果你的朋友老是想用不正当机会上位，那这个朋友真是可交可不交。”苏老爷的话虽然平淡，但仔细想想，的确还是有些道理。

苏沛菡听闻他这么的说，便连忙说着：“只要你帮我，我答应你任何事情。”

然而，这一招在他的面前却没了用，他似乎有些生气，但还是依然控制着，只是将眼镜摔在了桌子上，发出几分声响，苏沛菡知道，这是他即将发飙的前奏，便不语，等着他的回答。

果不其然，他还是说了出口，只是却让苏沛菡十分难堪：“商人谈事情是需要付出代价，你在我这里已经没了价值，你还是想想毕业之后去英国念哪所大学来的划算。”语毕，他便下了逐客令。

苏沛菡听闻他这么一说，便不抱任何希望，反之让她好好想想将来要去哪里念书，搞得苏沛菡十分不舒服，但是这是她答应下来的，无论如何，将来也要做到的。

而楼下的阿姨听见叮叮咚咚的下楼声，眼光便连忙看着上面，果然是小姐从里面走了出来，虽然神色不好看，可是还是忍不住地想要叮嘱几句："小姐，你有空还是多回来看看吧，周末学校不都是放假吗？其实老爷和夫人还是很想念小姐的。"

苏沛菡听着阿姨说的这番话，心里终究是一软，可是想到这个家毫无半点人情味，她的确有着少许的不服气，她只能推辞道："如若有时间我会回来的，帮我照顾好夫人和老爷。"于是，便连忙推门而出，这才松了口气。

只是没有想到，事情接踵而至地找到她，手机便在这个时间段内响了起来，看着陌生的号码，她十分想按下挂断键，可是心里的第六感在告诉她，不能挂。

"请问是哪位？"苏沛菡最终接了起来，十分客气地说着。

"是我。"对方轻描淡写地说着，磁性的嗓音十分好听，她的心怦怦地跳着，像是在等待确认，她压抑着少许的颤抖问着："你是……天天吗？"

六

"我是林伟填。"

听到最终的答案，到底是让她心里难过了一阵，他们两个简直太像了，不论外表还是体型，就连嗓音也如此相同。

"怎么样，考虑清楚了吗？"

苏沛菡被他的这一番话狠狠击中了大脑神经中枢，迟钝了好一会儿后，便带着少许的试探问着："这件事情，是你做的？"

"不然，谁会有这么大的本事去调查？"对方带着不屑的口吻说着，让她微微一愣。

她实在是没有想到，这件事情从头到尾会是他策划的，在她的心里，他的心地是不坏，只是一些事情让他无法看透，太过计较，只是没有想到，这种低端的威胁人的手段，会真的是他一手策划并做出来的。

事情真相大白的时候，她反而没有一种石头落地的轻松感，相反，十分的担忧，等着对方开出同等价值的条件，来将这件事情压住。

“只要你帮我找到林伟天，你我的事情一笔勾销，你们两个关系如此要好，倒不如顺手帮了我这个小忙，这不也是你想要知道的答案吗？”他的口吻，仿佛是算准了她会答应此事，因为过程无论是有多么卑鄙低端，但不可否认的是，他们之间还是有着共同的目标，都是为了找到林伟天，虽然用意不同，但彼此还是可以暂时做盟友。

听上去，苏沛菡仿佛是没有任何力量与同等的条件来拒绝这个“帮忙”，终于苏沛菡叹了口气，点了点头，说着：“你只需要向我保证一点，在这期间，你不可以动夏曼曼，找到以后，这件事情当你不知道，否则，我也会用卑鄙的手段。”

听着苏沛菡带着硬性条件的语气，他到底还是愣了一下，毕竟，他发现，她再也不是从前的苏沛菡了。

“你就这么喜欢他？”

“不止，我想要保护我想要保护的人，任何人都不可以伤害他们，是他也好，还是夏曼曼也好，都不可以。”苏沛菡说的坚定，她能够做到的却也只限于此，毕竟她现在没有任何背景实权。

“我等着你的消息。”林伟填的口气带着少许的怒气和不屑，最终挂断了电话，结束了这场并不愉快的对话。

她答应的爽快，然而现在却压根一点头绪也没有。

人海茫茫，你到底在哪里。苏沛菡看着手机发着呆，漫无头绪地沿着街角行走着，只是走到一半，她猛地停住了脚步，脑海里像是忽然想到了什么事情，连忙回头看了一眼高中同学刷的微博，有一个熟悉而又陌生的身影出现在她的视线内，她仔细地将图片放大，而后唇边忍不住地挂起几分微笑。

她确定这是他，却没有想到他回到了 C 城，依然在熟悉的街头摆着摊位，她怎么就将这个事情遗忘了。

苏沛菡心里跳跃，欢天喜地地买了一张去往 C 城的列车票，不急不忙，就定在了明早，她给辅导员也打了一通电话，谎称家中有事，在取得辅导员的同意之后，她便回到了宿舍，收拾衣物，准备出发。

七

第二天的下午，她便踏上了 C 城的土地。

C 城和 A 城的冷简直不是一个概念，A 城的冬季虽然冷，但却是干燥的，骨子里还是暖烘烘的，然而在 C 城，苏沛菡就差没有将自己裹成一个大粽子，依然还是感觉到冷得透彻。

可是想到她即将要见到的人儿，终究是开心的，

拖着行李箱，她并没有想要先找到一个落脚之地，相反，她沿着熟悉的街道一路向着目的地走过去，抱着几分侥幸的心理，她希望能够在熟悉的位置上看见他。

或许是上天看她辛苦可怜，从而获得了上天的眷顾，终于功夫不负有心人，在曾经相遇的街头一角，她终于看到了他。

他依然没有变，只是头发长了一点，穿着一身牛仔服坐在摊位旁边，正在卖力地吆喝着，恍若当年的夏天，蝉鸣在树梢上，他在林荫下拉着她的背包，死皮赖脸地劝说着她。

她曾无比懊悔当初走过这条倒霉的街道上，是他将她的钱包弄丢，可是现在，她却改变了想法，她现在想感谢这条熟悉的街道，让她终于找到了他。

几日不见，她忽然变得十分紧张，见到他的第一面，该如何开口？

说好久不见，别来无恙，似乎有些太大众，说我有点想你，又太过矫情。思来想去，她依然没想出个所以然来，倒不如直接走过去。

越是靠他近，心里越是忐忑不安，这种不安大多是来自于喜悦的紧张。

终于，她停下脚步，站在他的面前，一手拉着行李箱，弯下腰，一手拿着他的玉坠，笑着问：“老板，怎么卖？”

“姑娘，看你就识货，给你来个便宜点的……”他一边说着，一边整理起手中的物品，挑了一个成色稍好一点的玉坠就要放到她的面前，只是她半晌没有接，他好奇地抬头看了一眼，只是这一眼，仿佛是看了一整个世纪般漫长。

“天天……我终于找到你了。”她带着一些鼻酸说着，由于空气十分冷，从她的嘴里冒出一阵阵白气，或许是她十分的冷，也或许她带着几分激动，说话的声音都忍不住带着少许的颤抖，尽管，她已经很努力地压制着。

“你怎么会……”然而，他的话还没有说完，一阵嘈杂的声音让他回到现实，当他们看见周围的商贩都慌张地骑着车逃离现场，他们好像意识到了什么，林伟天下意识地拉起她的手，卷着东西就向前跑，没有任何目的性地奔跑着。

穿过一栋栋大厦，走过一条条陌生而又熟悉的街道，跑过一座公园之后，等到他们确认安全之后，才终于渐渐放慢步伐，直到恢复到正常的走路步伐。

等他们彼此都蹲下来大口大口地喘着气的时候，苏沛菡第一个反应过来，躺在冰冷的草地上，眼睛看着天空，哈哈大笑起来："你果然是我的克星，为什么每次遇到你，都是这么的狼狈。"

就像，我们刚认识的时候一样。苏沛菡认真地看着他的侧脸，忍不住地想着。熟悉的感觉向她袭来，这才是他们独有的相处风格。

"可是也很奇怪，总是能够化险为夷。"林伟天贫嘴地说着，干脆也和她一起躺了下来，看着他们眼前的朵朵白云，心情非常舒畅。

只是，苏沛菡这次来除了要找到他之外，就是要问个清楚，为什么他会忽然消失不见，难道就真的只是因为林伟填的赌约而躲避吗?

终于，苏沛菡耐不住性子地问着："你没有想要解释点什么事情吗？"

听闻这样的话，林伟天嘴唇边的笑意渐渐麻木，这正是他不想提起的事情，也是他想要逃避的事情，他也曾想过，有一天会当面将这件事情摆平，可是他发现这是让他无法做到的事情，至少现在的他暂时无法做到。

八

直到他们僵持许久，林伟天看着她一脸坚定要知道的模样，便最终还是没能熬过她，开口说着："我和他的赌约，你应该也知道了吧？"

林伟天能够坚定地认为她应该知道他们之间的赌约，是因为她若不知道，也就不会找到他，更不会开口就问这样的话，继续说着："所以现在，我逃避了，我知道这样的话说出来会换来你的嘲笑，可是我还是要这么说。"

"不是每一个人都能够坦然地接受这个失败，我没有失败过，包括我第一次离家出走的时候，他们都坚定地认为我撑不了三天，然而他们却没有想到，我撑了整整三四年，直到我的姐姐找到我，劝说我回家，只要向父母认个错，自家人难道还会有隔夜仇吗？"

"可是我的性格，他们都不了解，我依然不会回头，后来可能也是家里人放弃了我，或者说根本就不怎么爱我，因此将我哥送出了国，希望他和姐姐二人能够担当家族责任。"

"不得不说，那一刻有些开心，也有点难过，开心的是我真的自由了，有点难过的是他们放弃的真早，其实只要再劝我几天，我说不准真的会放下架子回家。"

"可能是他也不喜欢被强迫出国，心生嫉妒吧，这个赌约，我总感觉他是早已想好了，明知道我篮球打得不会比他好，可是我还是接受了挑战，我只是坚定地认为我努力了就可以赢，只是这次错了，不是任何事情都可以在短时间内赢得了比我还要厉害的人。"

林伟天一鼓作气地将心里的话都说了出来，听得让苏沛菡心里一阵的难过，她不明白这样的少年，到底承担了多少，才能一直坚持着想要过自己的生活。

"所以我逃避了，你会不会觉得我很逊色，其实我没那么好。"林伟天虽然说得十分轻松，可是他看向苏沛菡的眼神里到底是闪过了几分试探、害怕和尴尬的意味。

只是，让他没有想到的是，苏沛菡接下来动作，不仅仅是吓到了林伟天，更是让她自己都无法接受这一刻的自己，会如此大胆地做出这样的事情。

她吻了他。

她只是看到了他难过的目光，心里就会跟着难过，当他说完自己的故事之后，看向她的眼神也十分的尴尬之时，她的脑海里就没了任何想法，她只想要用这样的方式告诉他，她一点也不觉得他逊色，一点也不觉得他不好。

不过，初吻都不会太过激烈，苏沛菡只是轻轻地在他的唇瓣上点了一下，便火速地推开了他，当他们四目相对之后，这才反应过来刚刚发生了什么事情，苏沛菡的脸便立马红了起来，正是大白天，林伟天看着她红润的脸颊，却觉得她十分的可爱。

这算是变相表白吗？林伟天情不自禁地摸着刚刚被亲吻的嘴唇，忍俊不禁地笑了出来。

听见笑声，苏沛菡更是害羞不已，便连忙说着："你不要笑了啦，我……我也是第一次……"

林伟天不语，依然挂着笑容，但目光却更加深邃地看着她，眼神里满满都是爱意。

九

"我会等你的。"被盯了许久的苏沛菡，终于憋出了这么一句完整、短小，却又十分的坚定的句子。

她的这么一个鼓励，便让他的心如同死灰复燃一般，林伟天先是微微一愣，明显是没有预料到她会这么说，而后便连连点头答应。

三天后的早晨，苏沛菡是和林伟天一同走进了时隔多日的校园，只是为了掩人耳目，他们戴着口罩和墨镜，拖着行李箱走了进来，在他人眼里，他们是一对普通的不能再普通的情侣。

等苏沛菡目送着林伟天离开后，她这才转身，朝着自己的宿舍方向走了过去，她刚放下行李，便迫不及待地给林伟填发送了一则短消息，告诉他，他想要找的人她已经找到了，该是他履行承诺的时候了。

没过五分钟，苏沛菡便收到了一则短信，打开消息看见正好是他发送过来的，上面写着：OK，你不想看到的东西我已删掉，并且毫无备份。

这下，苏沛菡一直悬着的心这才真真切切地放了下来，让她好不开心。

只是，这样的开心并没有持续太长，她便收到第二条短消息，看到名字的那一刻，她的眼眶有些微酸，并且有些不可置信。

“经常去的奶茶店，我有话想对你说。”——夏曼曼。

苏沛菡连忙进行一番梳洗后，这才连忙赶去离学校不远的一家奶茶店，那个店面，是她们俩曾经经常去光顾的店，当初的感情如同亲姐妹一般，然而现在，却恨不得彼此消失才好，这样的反差感，让她心里颇为难过。

她也不知道自己是带着怎样的一番心情走进了这家奶茶店，奶茶店里一头齐肩短发的夏曼曼坐在高脚椅上，时不时地喝着杯子中的奶茶，慢悠悠地翻着手中毫无兴趣的杂志看着，直到她感觉门口有一道光闪过，她这才回过神，扭过头来看着苏沛菡。

没有想到，短短的几天时间里，夏曼曼将自己打扮成一幅女强人的外表，带着一股子的神秘，让人看不透也摸不清。

“老板，来一杯薰衣草奶茶。”在苏沛菡还尚未反应过来之际，夏曼曼首先帮着苏沛菡叫了一杯她最爱的奶茶。

这种反差感，让苏沛菡极为难受，仿佛前方有不好的消息再等着她，一时之间，她甚至不敢靠近夏曼曼。

“站在门口当门神啊，还不快进来？”终于，夏曼曼实在受不了她一副呆头呆脑的模样，首先发起了问。

被她这么说着，苏沛菡这才连忙走了进来，抽出一张她身旁的高脚椅，颤颤巍巍地坐了上去，一副不可置信的模样盯着夏曼曼看着，或许是夏曼曼感受到了异样的目光，便甩了甩头发，用着高傲的眼神看着她，说着：“怎么样，还不错吧？”

看习惯了长发，猛然的看到一头短发的夏曼曼，让苏沛菡还是微微吃了一惊，但是她那姣好的五官更为凸显。

“我曾经以为短发会很难看，没想到尝试过了之后才发现还挺美。”语气里带着满满的自信，让苏沛菡心里稍微有些开心，夏曼曼终于不再是从前那个阴郁的夏曼曼了。

十

“就像，我从不敢去表白，害怕被拒绝了之后自己会寻死觅活，可是当我走出那一步的时候，也尝试过了难过与心痛，这个劲儿过去之后，也不过如此。”就像看开了许多，夏曼曼如是说着。

服务员把一杯薰衣草奶茶端到苏沛菡的面前，夏曼曼继续说着：“这是我最后一次帮你点奶茶，专属的味道你还是记住吧。”

“最后一次？”苏沛菡身体忍不住发颤，她问着。

“是啊，我让你来的目的就是想告诉你，我申请转校了，我在北方可能还是不适应，否则也不会这么倒霉，转回南方去念书，虽然学校不如A市的好，可是好歹我不怕了。”夏曼曼自信地说着，她也明白，之前让苏沛菡帮自己上这里的大学，她也是迫不得已，但当苏沛菡真的帮自己办好了这一切的时候，她开始也有过顾虑，万一被拆穿了怎么办？直到这个根深蒂固了许久的顾虑，终于在一段时间内爆发了出来，自从她收到那封匿名信之后，无时无刻不在担心会不会被曝光，被曝光了之后，她的生活是不是再也无法平静下来？每每想到这一刻，她的心里都在饱受折磨。

直到和苏沛菡闹完别扭之后，她回到宿舍深深地想了许久，这才做出了这个惊人的决定，她不想再活在别人的影子下面了，她也想要站出来，承担着她该承担的事情与责任。

虽然不再是表面风光，可至少在自己内心里，终于不再饱受各种惊心肉跳的折磨，她对比了一下孰轻孰重，最终选择了后者。

因为自己家庭背景原因，以及在校期间并没有发生过重大恶劣的事迹，她的转校申请很快就办理成功，当天她便心血来潮地去剪了一个短发，她认为自己会后悔，可是没有想到，当一头短发出现在自己眼前的时候，她还是很开心，接受了自己的新生。

没错啊，这就是一个全新的开始，抛开曾经不好的过往，接受现在纯净的自己，没有什么不好的。

虽然新生蜕变的过程，总是那么的血肉模糊，撕心裂肺，可是只要熬了过来，一切都是值得的。

只是，苏沛菡却慌了，她害怕夏曼曼离开自己，她身旁的朋友，可以信任的朋友，真的只有夏曼曼一人，她是不是还在讨厌自己？她连忙说着：“曼曼，你是不是还在恨我？”

“那封匿名信真的不是我写的，我不可能做出这样的事情，背后黑手我已经查出来了，对方也答应不会为难你。”苏沛菡想进一步地挽留，但是却被夏曼曼摇头拒绝了。

“我知道那封信不是你写的，原谅我之前对你的冲动，等我回到宿舍冷静下来之后，我也否定了这个想法，只是我的离开有一些原因，苏沛菡，你真的认为我表白失败了还有脸在这待下去吗？整个学校里的人都认识我了，无论我走到哪里，背后的嘲笑声从来没有断过，笑着笑着会麻木，可是心里的难过，如果不换一个环境去生活，真的很难愈合。”

“第二点，我当初进学校来的手段并不光彩，被人威胁一次就够了，我真的怕以后会有无数人拿这个威胁我。我宁愿过着不光彩的日子，也不想让别人成天盯着我、算计我，那样，我活着比谁都累。我的青春年华，我的大学时光，不该过得不愉快，不该过得步步惊心，也不该过着如同后宫一般的生活。”

“第三点，便是因为你。”说到这里，夏曼曼停了停，看着苏沛菡。

十一

苏沛菡看到她停顿了下来，一颗心便提了起来，她想要迫不及待地知道夏曼曼心里究竟是怎么想的，是否还讨厌着自己，也还想知道她们之间的关系是否还能回到像从前那般的美好。

“关于你，我不后悔交你这个朋友，和你在一起的每一刻，每一天都是那么的开心，我们互相搀扶着，互相帮助，也互相尊重，我想不到还有谁能够一起和我分享每一天的新鲜事物，难过了第一时间打电话给对方，也想不到还有谁可以和我并肩站在一起，努力向上。”

“我想了很久，把平生所结交的朋友都一一列举了出来，可是他们都不如你好。”

苏沛菡承认，当夏曼曼如此委婉动情地说着她们曾经的姐妹感情，她便感动地想要落泪，也难过地想要落泪，内心里五味杂陈，却也不知该从何说起，只能一遍遍重重地点着头，看着她，继续说着。

“可是苏沛菡，我也恨过你，讨厌过你，为什么我只能做你的承托，你家境比我好，长得比我好，就连学业也比我好，能耐也比我强，像我这种普通人家出生的孩子，怎么样也无法超越你，可是我每当看到你纯洁无邪的笑容之时，我对你的恨意，讨厌的感觉也随之烟消云散。如若说表白事件是恨你的原因的话，倒不如是一个导火线罢了，这个线一旦燃烧起来，便就没有回头的余地，注定会产生巨大的负能量爆炸，就像现在，我和你明明这么近，心里的距离却隔得那么远。”

“苏沛菡，我们不得不承认一点，我们或许再次相见，可以坦然一笑，也可以释怀过去，但却无论如何也无法继续一起往前走。”说到这里，夏曼曼也终究忍不住落了泪，豆大的泪珠砸进了褐色的奶茶中，溅起几分涟漪，而后平静如水，仿佛刚刚什么也没有发生。

当夏曼曼说完这一番话之后，苏沛菡和夏曼曼二人便都各自哭了起来，她们或许从来都没有想过，会有一天坐在熟悉的老地方，平静地说着友谊分手，也不会想到，有一天她们会在彼此的生命中渐行渐远，在自己的世界里，留下脚印和过去的背影。

终于，苏沛菡哭得不能自拔，她猛地喝了一口奶茶想要将哭腔压抑下去，而后，努力地扯出一抹笑容对着夏曼曼说："可是无论你走到哪里，我都希望你比我过得快乐开心，但是我希望，将来在你人生最重要的阶段，我还是可以看到你。"

夏曼曼用纸巾摸了一下眼泪，装作毫不在意的样子看着墙面，说着："十年之后吧，如果我们再见不会红着脸和眼的话。"

"什么时候离开，我会送你。"

"不用了，送了只会多更多的烦恼和悲伤，不如就让它平静下去吧。"

苏沛菡听闻她拒绝的回答，想了想依然没法再说出口，她有她的原则，她的原则一旦设定下来，任何人都无法打破。

"好……祝你一帆风顺。"苏沛菡不敢再继续待下去，便连忙从高脚椅上跳了下来，推开奶茶店的玻璃门便离去了，这种分离的场景，她这辈子，只想尝试这么一次，再也不想尝试第二次。

对于她在乎的人，对方的离去，就是她的痛彻心扉。

可是好在，她和夏曼曼之间的误会得以解除，虽然，再也没有办法一路走下去了。

十二

只是，她始终还是放不下夏曼曼。

她偷偷地打听了她离开的日子，就在今天的早晨。对于苏沛菡而言，她昨夜一夜未眠，只是想在校园里目送她的离开，因为她知道，如果她要走校园的大门的话，是会路过她的宿舍楼前。

虽然夏曼曼说过，不要来送她，怕波及彼此的情绪，可是到真正要离别的日子里，苏沛菡反而安静了下来。

这一别，或许再也见不到，也或许要十年、二十年以后才会相见。最后看这一眼吧，将唯一的好闺蜜深深地刻在脑海里，也算是不负青春一场。

终于，在她等了长达数小时之后，在她的宿舍楼前，终于出现了一抹熟悉的身影。

只见她拖着粉红色的行李箱，一路专心地看着手机，脚步却不曾停止过，苏沛菡的心里还是忍不住冒出几分不舍的念头，只是很快，她便将这念头压抑住了。

既然是离别，倒不如想着最后的快乐时光。想到这里，苏沛菡挂起了一抹笑容，目送着她的离开。

只是，当她即将要走出校园的时候，她忽然猛地停了下来，仿佛是感应到了什么，夏曼曼连忙转过身，抬起头来，视线便很快地看到宿舍楼的上方，再没看到熟悉的脸庞之后，她便拖着行李飞快地走了起来。

而此刻的苏沛菡，却蹲了下来，靠在宿舍楼的下方，直到过了很久，她才敢站起身来探望，然而却没了她的身影。

心里忽然十分落空，可是她知道，纵然不是今日离别，也会有多年之后的离别，不过早晚罢了。

只要在这一刻，送了她离开，心里就是开心的。

她这么想着，心里也好受了不少，可是依然提不起劲儿来，想着可能是一夜没睡，再加上没有吃什么东西，便想赶紧回去补觉。

然而苏沛菡这么一睡，便睡到了下午五点，一天没有吃饭没有上课的她受到了惊吓，便连忙从床上弹了起来，倒是把原本坐在椅子上玩着电脑的室友吓了一跳，说着：“人吓人吓死人啊，你什么时候醒来的？”

“抱歉，我这是睡了多久啊，你们都下课了吗？”苏沛菡脑子里明显还是闷闷的状态，分不清现实与梦境的区别，便怔怔地问着。

室友听到她这么问，便忍不住地叹了口气，说着：“当然下课了，不过你不用担心，你睡得太死了，我们怎么叫你都叫不醒，后来校医检查说你身体太虚弱，便汇报了辅导员，辅导员便给你一天的假，明天让你去上课。”

“原来如此……”一阵的紧张感崩断了之后，她便立马倒头就躺在了床上，深深地呼吸着。这是她第一次睡得这么死，睡得这么累，起来之后浑身都疼痛不已，感觉自己做了一个很长很长的梦。

“对了，你睡觉的时候，你手机响了三次，你看看是不是有重要的消息。”

经过室友这么一提醒，苏沛菡便连忙从枕头底下掏出手机，只见手机黑屏，想必是没电了，当插上充电器之后，屏幕这才亮了起来。不过当她开机之后，不过一分钟，手机里的短信和未接通话记录便嗖嗖地传到她的手机上，一时间，红色未读消息充实着她的整个眼球。

“谁这么无聊……”她不禁皱眉疑问，然而当她点开消息的那一刹那，她便乖乖地闭上了嘴。

消息来源全部都是他——林伟填！

这个恶魔，他到底又想要做些什么？

十三

带着忐忑不安的心情，苏沛菡最终还是拨打了他的电话，电话通的那一刹那，她却不知道该如何开口，对方仿佛有意无意地在和她玩着捉迷藏的游戏，也一直装腔不说话，直到最后，苏沛菡没了耐心，还是先开了口："你说吧，着急找我，是有什么事情？"

"苏沛菡，我可真不喜欢你用这样不耐烦的口吻跟我说话。"林伟填开了口，却让苏沛菡更是心惊肉跳。

"你有什么事情？"她清了清嗓门，将不好的心情和口吻收了起来，继续问着。

"敢不敢出来和我吃个饭？"

苏沛菡听到他的要求，她先是咽了一下口水，心里更是忐忑不安，她仔细地想了想和他之间的恩怨纠葛，可奈何他们之间早已划清了界限，还能怎么样呢？

于是，苏沛菡带着好奇的心情，坦然地接受了他的邀请，正巧明天是周末，晚上宿舍大门关得会比平常都晚一些，因此挑在这样的日子里，到底是巧合还是他的精心设计呢？

夜晚，华灯初上，暮色降临，苏沛菡按照约定准时到达了离这学校并不远的饭店，然而这座饭店，也有着她的回忆。

还记得当初，她便坐在最高层的位置上俯瞰全城，默默地等着她最喜欢的人，想和他共度晚餐，然而那一晚，他却并没有按时来。

现在想想，心里却有了几分的安慰，好在他没有来，好在这一切都戛然而止，否则，这一切便都不好收场了。

只是，她有些疑惑的是，他怎么会请她来这个地方就餐？

带着凌乱的思绪，她走到了他所在的那张桌子旁，默然地坐了下来，她始终有些担心气氛会尴尬，她也不知道说些什么才好，然而她的这一切担心似乎都多余了。

只见他为她倒了一杯红酒，轻轻地摇晃着，似乎要将那红酒的醇香摇晃出来，接着，很绅士地递给了她。

她接过，并没有连忙去品尝，只是拿着高脚酒杯，低着头闻着红酒的醇香。

“没想到我们会约在这里相见吧？”他笑得异常好看，只是神情却依然那么的冰冷。

苏沛菡轻抿了一口红酒，而后歪着头看着他，摇摇头，而后眼神便看着落地窗外的夜景，心如止水般，只是她却不知晓，她看着窗外的夜景，而他却在看着她的侧脸。

最美的爱情和最难过的爱情，无非就是你站在桥上看风景，而看风景的人却在看你。

念高中的时候曾学过这么一句诗，当时的林伟填虽然能够将这句话的意思翻译出来，但却始终不知道这种感觉是如何，他以为是美好的，却没有想到当自己真真切切感受过之后，是那么的难过。

林伟填逼迫着自己将思绪转回来，而后继续说着：“我曾记得你之前约我来这里吃饭，然而那次却是有事缠身，没能赶过来，我感觉十分抱歉，一直想补偿你。”

“其实，不用这么大费周章……”他说这句话的时候，也打断了苏沛菡的思绪，她恍惚地回过神，笑着说。

十四

“其实，一直想找个机会和你单独聊聊，我也会担心你拒绝，因此用一些强迫的手段，你不会生气吧？”

苏沛菡看着他笑着说话的模样，真是和林伟天一模一样，但是彼此眼神之中闪烁出来的内容却又不一样，一个温柔如水，活泼可爱，一个却天性冷淡，十分可怕。

林伟填看着她不搭腔，便自顾自地继续往下说，倒也不在乎她究竟是听进去了几分：“说实在话，从一开始你接触我的时候，我无非只是把你当作一个很普通的女生，喜欢帅哥，花痴，因此我不想把时间浪费在你的身上。”

“后来让我对你有所改观的，可能是你身上的一些坚持不懈的精神，这让我十分敬佩，随后的时间里，你一次次的做法让我一次次地刷新了自己，从最初的不理不睬，到最后我竟然会开始留意你，有时候心里也会为你而想，这样的心态，让我自己都觉得有几分的可笑。”

苏沛菡眯起双眼看着他，不知为何，听他这么一说，她心里倒是有些对不住他，如若不是自己招惹在先，他怎么可能会有这么多心烦的事情？

看着林伟填的模样，他似乎还想要继续说下去，苏沛菡却连忙打断他：“快吃菜吧，这菜都凉了很多。”于是，苏沛菡便大快朵颐起来，不得不说，这家餐厅里的饭菜还真是挺对她的胃口，这一吃，倒不知不觉地就吃了很多。

林伟填知道她心里想着什么，她怕会引起尴尬，她打断的也是好，至少这顿饭，还是能够坦然的进行下去。

直到林伟填看着苏沛菡吃饱了之后，林伟填这才开口："吃饱了吗？"

苏沛菡因为他突然的问话吃惊不小，她的眼光轻轻一扫，便看见了他那十分干净的餐盘，带着几分诧异地说着："你怎么不吃点呢？这家餐厅的饭菜都很不错。"

他轻轻摇摇头，他才不会告诉她，其实只要看着你吃饭就已经很满足了。

待他喝了一口茶水之后，他便继续说着："有些事情，你想逃避，也是不能继续逃避下去的。"

苏沛菡感觉他话里有话，便皱起了眉头，虽然她还是很想打断他的话，但是她知道，如果再继续打断下去的话，对他只会是一种不尊重，于是她忍住了，想听听他说的话。

看着苏沛菡的眼神，并没有想要打断他的意思，于是林伟填将包里的东西都掏了出来，放在她的面前，用眼神示意着她，让她拿起来看看。

带着好奇的心情，她拿起了那张薄薄的纸片，只是几秒钟的反应时间，她有几分的不可思议，十分紧张地看着他，问着："这是什么意思？"

"这是一张他所乘坐的飞机机票，我定了两张，一张是他的，一张是你的，算是临别的礼物吧。"他坦然地说着，心如止水，没有任何的波澜。

"你的意思，是让我也跟过去？"

"反正你的父亲也希望你留学出国，并不希望你待在国内，你正好可以抓住这个机会。"

苏沛菡看着手中的机票，有些恍然，她只是想安安静静的在国内念完大学，然后再出国深造，或者是去他所在的国家，或者是等他回来，然而却没有想过，可以现在就立马跟随他出国。

“你认为你们之间能熬过几个五年？正值青春年华，谁能够心怀不乱地等一个人五年，纵然你们现在情深似海，可也难熬过时光的折磨。”林伟填劝说着她，可是心里也是十分的纠结，早在机票刚到手的时候，他就一路纠结到现在，可是当机票放在她的手心之时，他的内心深处的纠结倒也在渐渐减弱。

有时候，放手也是一种深爱。

“爱一个人的确要试着去接近，后来我想了想，我爱你不够深，却利用你报复了他。”林伟填看着她迷茫的双眼，于是他便起身去买单，从她身旁走过的时候，他的一只手最终还是放在了她的肩膀上，说着：“你自己考虑清楚吧。”

“那么你呢？继续留在这里吗？”苏沛菡忽然问着。

林伟填抬起头，看着这家餐厅的辉煌灯光，似有似无地说着：“或许会去远一点的国度吧。”

等到苏沛菡感觉到他的手离开她的肩膀之后，她才敢回过头看着他离去的身影，不知为何，她在他的身上看到了类似寂寞的身影。

爱与不爱，都是寂寞的，苏沛菡低下头，继续看着这张机票发呆，到底去还是不去呢？

十五

苏沛菡最近整宿整宿的失眠，自从遇见了他们，她便再也没有好好地睡一场。

她手里拿着林伟填给她的机票，呆呆地坐在窗前发了一整夜呆，直到体力不支倒在书桌上睡了一小会儿，但却做了一个十分漫长的梦。

梦里艳阳高照，他逆着光站在她的面前，双手展开怀抱，示意着让她过来，她先是微微一愣，随后便奔向他的怀抱，可是她却发现，无论她怎么向前跑，她始终都跑不到他的身旁，她开始着急，谁知却摔了一跤，然而这一摔，便将她拉离了梦境。

她揉着睡眼蒙眬的双眼，然后看着眼前的场景，她这才明白过来，自己身在宿舍里，而并非与他在一起。

这种强烈的落差感让她心里十分难受，她看了一眼手机上显示的时间，正是清晨九点半，由于是周末的原因，宿舍里的室友并没有早起的习惯，一切都那么的安静，甚至让苏沛菡感觉，这种安静是那么的可怕。

她想了一夜，也没有想通到底要不要去送送他，或者跟他一起走，哪怕见一面也好。

她的犹豫，有一半是怕自己控制不住难过的心情，见到他恐怕就不舍得让他离开，可能会在他的面前落泪，也会哭的难看，更是害怕会将这种不良的情绪传播给他，那样便就一发不可收拾了。

最后，她将机票压在书桌上，眼不见，心不烦，这样就不会觉得难过了。

苏沛菡尝试着转移注意，先是把整个宿舍的里里外外都打扫了一遍，将衣服和被单也扯下来洗了一遍，然而等她一旦闲下来的时候，想念他的思绪便再度一拥而上，无法控制得住。

“要崩溃了！”苏沛菡心里默默地骂了一声，便连忙穿上衣服，拿着机票和钱包一路飞奔出门，刚跑出校门，便顺利地拦截了一辆出租车，一切看上去似乎都是那么的顺利。

只是车开到了半路，便遇上了早高峰，正巧这条街道是通往机场与市区内的重要路干，正值早高峰时期，这么一堵车，等到了机场恐怕要到中午十二点了。

“师傅，这么下去大概还要多久才能走通？”苏沛菡看着车一点一点地向前挪动，她终于按捺不住，开口问着。

“哎呀，这估计要堵上至少一个小时，你要去机场的话还不如下车跑着过去，去前面坐车就好了。”司机师傅也有些急躁，毕竟拉来的客人，也要为她负责。

苏沛菡听到这样的消息，内心有些崩溃，她看了一眼车前车后，整条路早已被堵死，无法前进，更别说后退，于是她做出一个大胆的决定。

她付过车钱后，便连忙打开车门，开始奔跑在这高速公路上，或许是天公作美，冬天里到底还是给了她一抹温暖的阳光，让她不会感觉到多么的寒冷。

只是没有想到，她跑到一半，想停下来休息片刻，刚蹲下来的时候，她便看见自己的眼前多出一双帆布鞋，苏沛菡有些疑惑，但却能够感觉到有一束强烈的目光此刻正注视着她，她带着少许的疑惑，缓慢地抬起头来，像一个慢镜头的播放，就这样怔怔地看着他。

只见他的头发被寒风吹得微乱，淡蓝色的口罩将他整张脸都遮盖住，但即使是这样，她依然能够认出来这就是他，他的这双眉宇，让她永生难忘。

“是你吗……”她带着大喘气，却又带着少许的颤抖音说着，说不出是因为剧烈的奔跑，还是因为见到他的激动。

他点了点头，将口罩摘下来，一张好看的脸颊便暴露在她的眼前，一时间，苏沛菡激动地冲上去，死死地将他抱住，而他也热烈地回应着，双手忍不住覆盖上去，轻轻拍着她的背部。

“我还以为最后一面都见不到你了……”苏沛菡有些大起大落的心情，说出话来的时候早已带着哭腔。

“没关系，我还在。”他用下巴轻轻抵住她的脑袋，脸颊蹭了蹭她的头发，像是一对热恋中的情侣，他们倒也不在乎这里有多少双眼睛正注视着他们，他们只想静静地抱着彼此，感受彼此的存在，这就足够。

良久过后，苏沛菡才肯撒手，从他的怀抱里挣扎了出来，看着他的双眼，十分坚定而又认真地说着：“我等你回来。”

“为什么不跟我一起走？”他歪着头，带着疑惑问着。

苏沛菡摇摇头，解释着：“我还是想完成学业，想让自己变得更优秀，我不想单单依靠家里的力量，我也想让你知道，我一个人也可以，我们，还需要更多的时间来让彼此成长。”

林伟天听着她的解释，先是一愣，然后笑着揉了揉她的头发，说着：“没有想到，你先比我成长了许多。”

“那是自然。”她骄傲的一笑，随后便将双手放在他的围巾上，认真地帮他系上围巾，而后说着：“独在异乡为异客，你要照顾好自己，要记得我还在这里等你。”

林伟天笑着点点头，虽不说话，但却十分认真地看着她的双眼，给足了她等他的勇气。

“快走吧……我就不送你了。”她到底只送到这里就好，她受不了分离时候的场景，她还是比较期待，等他们下次见面的时候，会以什么方式出现在彼此眼前。

或许是他更帅气，也或许是他变得成熟，总之无论变成什么样，她都十分的期待。

林伟天拖着行李箱慢悠悠地走着，走十步便就回过头来看看她，她也带着笑意，目送着他的离去，后来，苏沛菡也坚定地转过身，朝着与他相反的方向走去。

十六

中午十一点半，天空上传来一阵飞机嗡鸣的声音，划破天空，刺耳却又幸福。

苏沛菡抬起头，用双手遮住阳光，仿佛想要看看那架飞机上是否有他。

她相信那架有着他的飞机上，不光只是带走了他，还能够带上他们曾许下的希望与承诺。

阳光温暖，碧蓝白云，我在这里等你。

第九章　番外

林伟填篇

1

第一次认识她的时候，正是夏末秋初的日子，依稀记得在那天下午的开学典礼上，我刚从紧张而又煎熬的讲台上走下来，正准备回教室好好休息一下，调整一下自己的心态，却不曾想，走到半途中，就听见一个女生尖锐地喊着我的名字。

说实话，早已习以为常的我压根就不用在意这么一些小细节，喊我的人太多了，我不可能都一一记住他们的模样，但是那天，我却不知道着了什么魔，偏偏在那个时候停下了脚步，每当回想起那个时候，我都会有一点后悔，如果当初勇敢地走掉，结局会不会会不一样。

我转过身看着她，她长得很高，身高大约有一米六八的模样，身材却如此的娇小，生怕她不小心摔一跤，会造成什么伤害。直到她跑到我的面前，气喘吁吁了许久，但当她看着我的眼眸之时，我也忘不了她紧张的样子。

看着她紧张的模样，我当时就没了耐心，从小学到高中，这期间断断续续都会有女孩子的大胆表白，胆子再小一点的人，则会给我写一封封表白信，然而都会被我当作废纸丢掉，原因就是我没耐心去看长篇大论，简单而言，无非就是我喜欢你。

于是，我也不等她的话说出口，便皱着眉头问：“有什么事？”我当时的表情一定太恐怖了，导致她明显微微一愣。

过后，她便伸出一只手，手掌在我的面前展开，在她小小的手掌上，正躺着一枚白青色的小玉坠，那玉坠明眼一看就是假的，我不明所以地看着她，希望她能够给我一番解释，否则，我一定会忍不住地发脾气。

“你还记得我吗？在红绿灯的十字路口上。”她脸上挂着一些汗水，在下午的阳光下照耀着，亮晶晶，十分好看。

可是说老实话，我盯着她的脸蛋，认认真真的将我脑海里能够记得住的女生脸庞都回忆了一番，可就是没有这一张看似陌生但的确很陌生的脸。或许她开始变得不耐烦起来，接着说：“我是还你玉坠的。”

有一些可笑。我在心里默默地将这个姑娘上下打量了一番，然后默默地给了她一记白眼，这更加让我确定了自己的想法，这真是一个胆大的姑娘。

“你认错人了，我不认识你，也从来没有给过你这个玉坠。”我连忙拒绝着，聪明的人应该都能够听出来这是什么意思，然而她却不以为然，追着要我收下这个玉坠。

我不喜欢将时间浪费在这种人的身上，于是手里拿着玉坠，大步却走向了离我不远的垃圾桶内，随手一丢，便将玉坠扔了进去。

我能够看得见她脸上的表情，此刻正不断地变化着，可是我一分钟也不想在她的身上耽搁，于是便走回了教室。

我发誓，这是我见过最糟糕的一次表白方式，从此将这个女孩彻底地拉入了我的黑名单内，此生都不想再见。

或许是我太过自信，也或许是我太过张狂和高傲，我原以为生活的轨迹会像往常一样的恢复到从前，然而却没想到，她居然还会再次来找我。

此刻正是傍晚时分，作为尖子班的学生，自然而然是会被留下来补课的，安静的教室里到处都充满着铅笔和纸本沙沙的摩擦声，地面上哪怕是掉一根针都能够听得清清楚楚，就是在这种环境下。忽然，有一阵嘈杂的声音响了起来，不只是我，全班的同学都带着异样的目光顺着声音看了过去。

班主任正在和她纠缠着，我看见这种情况，实在头疼，我也很清楚，也很明白她是来找我的，只是不知道会是什么样的事情。

为了不想让事情闹大，下意识的，我接过了话，老师带着几分信任感便让我和她迅速地把事情说完。

我走出了教室，果不其然，她还是想将那所谓的玉坠送给我，并且依然说着我听不懂的话，我叹了口气，从她的手掌中接过玉坠，而后说着："以后别再烦我了。"

于是我头也不回地转过身就离开了，那个时候我总认为，自己帅毙了，然而现在回忆起来只会觉得，当初我为什么要这么对她?

2

老实说，我曾恨过她。

恨她的出现，恨她为我造成的一切困扰，恨她让我出现了负面新闻，以至于曾私下被班主任叫到办公室两次，依然还记得，班主任当时一副苦口婆心的模样教育我：“你跟他们不一样，你是精英，你要做的事情远远大于这些。”

是啊，每个人都抱着我一定能成才的目的，千方百计地培养着我，从小被父母的压力顶到现在，现在却又要增加来自老师的压力，所以我恨透了她。

如果不是她的话，我现在恐怕还安安静静地过着往日的生活，老老实实地写着卷子，分析以往的分数线，选报一所好的大学，平平稳稳地过着一般大学生的日子。

后来，在学校里遇见她，她也只是一副抱歉的模样看着我，那副表情真是可怜，然而我却从未放在心上。

直到高考的时候，我才愿意相信，有一些事情，注定是上天给的缘分，然而有一些人，注定会在你的生命里产生波澜。

显然，是再次遇见了她，只是她有一些路痴，居然走错了考试的班级，当看见监考老师提醒她走错的时候，我忍着笑意，看着她仓促地奔跑，心里却泛起点点波澜，头一次觉得，一个女生怎么可能会笨到这种地步。

考试过后，为了不想和她碰面，我便在第一时间内收拾好文具袋，背着书包就离开了考场，当我踏上公交车离开的时候，正巧发现马路对面的她，我的心里忽然有一种想让她和我同坐一班公交车的冲动，然而却在这个时候发生了岔子，她的出神让她错失了这趟公交车。

头一次让我感觉到心头有一股失落感，这种感觉是很久很久都没有过去。

回到家里的时候，家里冷清极了，分明一个好端端的家，却没有半点人情味儿，旁人眼里羡慕我家的家庭背景，然而谁又会知道，我又有多羡慕普通家庭的孩子。

我忍受不了，放下书包就夺门而去，开了车库里停着的一辆黑色轿车，便朝着考场地点的方向前进着，手机上的微信正提示着我赶紧来参加同学们自发举办的晚会。

因为我很少参加这些晚会，所以当天晚上十分的热闹，更多的是对我的嘲讽，说着："冰冷王子终于在年末开窍了。"

我也不想争辩，找了一个稍微安静点的地方坐下来喝一点茶水，吃了一些烧烤，打发着无聊的时间。

只是不曾想到，在这种情况下也能够遇见她。

只见她的怀里抱着喝得烂醉如泥的闺蜜，心里忽然找到了一个玩物，放下桌子上的烧烤和茶水，便朝着她们的方向走了过去，等她发现我的时候，她眼眸里惊闪过一抹不可思议的眼神，还是被我捕捉到了。

我开口嘲笑她，讽刺她，我甚至想将我心里对她所有的不爽统统都发泄出来，我以为她不会理会，至少会保持沉默，然而这一次我却想错了，女人的思维真是海底针，猜不透，她愤愤地跟我较真，我和她至少僵持了有十分钟。

旁边也渐渐聚拢过来不少看热闹的人，这对我而言并不是什么好事情，我向来讨厌被人围观、和人争吵，于是在我们都不爽的情况下，都想要离开这个地方。最终，是她先挪动了步子，慢悠悠地坐上了一辆计程车。

我当时也不知道，我为什么会开着车跟上去，以至于还在楼下等了那么久，等我惊醒的时候，已经来不及了。

当脚踩下油门，车子飞速往家里的方向前行的时候，我的内心一点点的觉醒，被挖掘，这种微妙的感觉，若让我重新体会一次，我也依然不会后悔。

3

念大学的日子里，我依然没能逃脱她的魔爪，当然稍微好一点的是，这所大学很大，分校区，恰好我和她念不同的专业，被分到不同的校区，校区和校区之间的距离很远，但也有的很近，很不巧的是，我和她被分到比较近一点的校区，来回可能只需要二十分钟的样子。

只是，刚上大学的时候，她便一如既往的给了我一个惊喜，当时我去国外，乘着高考过后的假期里去国外跟着父母和姐姐学习了一些金融知识，以便以后接管企业公司。

远在大洋彼岸的我得知她为了帮我拉竞选学生会主席的票，顶着烈日，被大学的一些流言蜚语所困扰也在所不惜，这当真是我见过的第一个这样的女孩。

之前我说过，我身边不缺追求者，但她是第一个为了我而帮我做了许多许多事情的女孩。

那天晚上，我从公司回到家中，思来想去，还是录制了一个感谢视频，当然我并不敢点名道姓的感谢，只能模棱两可地说一说，希望她能够感觉到。

没过多久，我便从国外飞回了国内，继续完成我的学业，开始了我的大学生涯。

然而却不曾想过，这所大学里，居然也有他的存在。

林伟天，曾一度是我的噩梦。

我和他，有着相同的血液，相同的脸庞，相同的人格，没有一处不相同的地方。可是我不喜欢他，他也不喜欢我，因为在他的眼里，我夺走了家人的关爱，夺走了他的希望，可是这并非怪我，谁让他生性比我还傲，错失了不少培养他的机遇，他倒也不在乎，更是做得比任何人都决绝，他搬出了家，父母给的钱他也不曾花过一分，谁也奈何不了他，但是出乎我的意料，他过得比谁都好。

不过好在他和我也分在了不同的校区，这样的话，我们相遇的概率也不会太大，更不会有什么所谓的正面冲突。

但我没有想到会因为她的出现，第一次和林伟天有正面的冲突和交集。

大学的时光过得较慢，还好有她在，让我过的并不是那么的无聊，她的一些笨的举动，一些让我无法理解的举动，和一些让我觉得温馨的举动，在我的生活里都成了调味料，有滋有味，在我近二十年的生活时光里，终于添上了一抹浓浓的色彩。

我永远也不会忘记她为我做的事情，也不会忘记那些感人的心动。

尽管我不想承认，我对这个女孩子有心动的感觉，但我还是想要说出来，的的确确，为了她心动了，在某个夜晚，我睡不着的情况下，脑海里都是她的脸庞，那个时候我才认准了她。

只是好景不长，我也从未想过，我和她的感情，一切都来自于一场巨大无比的误会。

4

那天晚上，她突然在学校的图书馆里找到我，说明了由来，原来是姐姐让她特意赶过来的，邀请我参加明日的晚餐，就在学校对面的不远处，一家还算不错的餐厅里。

我在心里经过一番的考虑，也决定了会去。一方面是想和她吃一顿晚饭，另一方面，我想和她讲讲关于我身上的故事，当然，气氛如果够好的话，甚至还可以进行一番的表白。

我没有追过女孩，从来都是她们追我，然而这一次，我在心里，将想要说的话认真地说了一番，以确保当天晚上没有任何的问题。

可意外往往都会在最重要的日子里忽然出现，让我措手不及。

那天夜晚，我按照约定的时间朝着那家餐厅的路上走了过去，只是刚走到一栋女子宿舍楼前，便听见有人在呼救，那呼救的声音也不小，可是我见身旁的人都一副无动于衷的模样，心里自然而然有几分急躁，我在救人和去赴约的两条路上做选择，最终我无法昧着自己的良心坐视不理，于是我便飞快地朝着呼救声的方向跑了过去，却发现了苏沛菡所谓的闺蜜——夏曼曼，此刻正受伤地坐在楼梯口上。

她看见我过来，眼里充满了感动，恐怕也万万没有想到我会来救她，按照剧本的走向，我当然是将她顺利地送往医院救治，然而却也耽误了约会，等我赶过去的时候，服务员说，坐在窗口上的女孩子，等一个人等了两个小时，菜也热了好多次，最后带着失落的心情走掉了。

那服务员跟我说起这样的场景之时，她也颇受感动，让她回忆起她上学的时光。然而我却没有耐心继续听下去，或许是我在逃避，不想听见关于她难过的事情。

当天晚上，我的报应便来了，我再一次的失眠，自从遇见她，我的失眠次数越发的增加。直到第二天早上，我想约她来学校的图书馆里，将昨天晚上的所有事情都讲清楚，由于我的害怕、我的逃避，我提前去了图书馆里等她，却把手机留在了宿舍里，交给一个哥们，叮嘱他，如若有她的电话打进来，让她务必来图书馆找我。

正当我将默背了好多遍的台词背得滚瓜烂熟之时，她就忽然地出现在我的面前，我强装镇定，对着她说："坐下来好好聊。"可是谁会知道，我心里紧张的要死。

如果我知道，后面她和我说的事情是有关于我和林伟天的话，我一定会后悔。

可惜凡事都没有如果，在我还没有开口的时候，她倒先开了口："你究竟是谁……"

这个问题问得好，让我微微愣了大概有十秒钟，像我这类尖子生，是不允许有太大误差秒数的发愣，然而我却有超过了十秒钟的发愣时间。后来我索性将话题越扯越远，最终我才慢悠悠地解释着没去赴约的缘由。

然而可能，她所在意的，也并不是为何失约的事情了，而是另外一件事情，也关于到另外一个人。

果不其然，她还是问了起来，我没有办法再扯开话题，只能从头说起，从头说起的故事，就是我和他的故事。

当我和他的故事讲完之后，她这才发觉，原来这么些年来，她做错了一件很恐怖的事情，那就是居然会爱错一个人。

这种事情，可能性其实一点也不大，怪就怪在，这一切的机缘巧合下，都是那么的……巧合。

巧合到所有的事情都十分完美地躲避开了，让人无法察觉出这是怎么一回事。

我不清楚那天晚上我们都是怎么回到宿舍内的，我也不知道，我们之间还有什么可说的，但是我却想起了林伟天。

他的出现，或许就是一个错，于是我将所有的怨恨都发泄在他的身上，开始设计，想让他离开国内。

这样，他们两个是不是就不可能再在一起了？

5

有史以来，这是我做过的最过分的一件事情。

我用家族的力量，调查了苏沛菡的闺蜜。没错，我的确是想从她的闺蜜开始下手，我想让苏沛菡服输，我想告诉她，我和林伟天打了一个赌，赌约就是你，赢了的人可以留在国内，而输了的人，不仅要离开国内，还需要接管家族企业。

这里面，当然夹杂着我的私心。长久以来，我都被父母和姐姐压抑着，我的思想并不是属于自己的，绝大部分都是他们灌输给我的思想。我想，苏沛菡便是能够让我真正爆发出来的那根导火线。

苏沛菡说我疯了，我的确是疯了，可是我却一点也不后悔，如果我不疯狂一次，我的青春就会被浪费在这个冷冰冰的家庭里，没有爱，没有温度，成天如机械一般地做自己并不喜欢的事情。

篮球赛上，我和林伟天真正的第一次用自己的身份出现在大家的面前，我知道，那一刻所有人都疯狂了，我也知道，从此以后，我的生活再无宁静之日。

一个小时的篮球赛，决定了我和他的命运走向，我几乎是拼尽全力去打这场篮球赛，就连队友都说我：“你还真是够拼命的，不过一个球赛罢了。”

我不屑和他们交流，在他们的眼里，这或许就是一个普通的友谊赛，然而对我和他的意义却都大不相同。

不过，出乎我的意料，篮球赛却并没有顺利举行完毕，因为林伟天出现了意外，我们的球赛也被迫停止下来，但看比分，仍然是我们领先，那一刻，我也累得瘫倒在冰冷的木质地板上，大口大口地喘着气，想证明自己还活着，自己赢了。

然而却没有一个人来安慰我、关心我，所有人都围着林伟天转。直到护送林伟天离开，裁判才宣布最终的结果，当然是我赢了，毫无悬念。

后来，夏曼曼上台进行表白，那一刻我能够感受得到，藏在黑暗处的苏沛菡，我盯着她的双眸，一字一句地拒绝了夏曼曼，也成功地离间了她们之间的友谊。

每次回想起这件事情的时候，我都觉得，那个时候的自己，真是恐怖。

只是我没有想到，等我想要让林伟天执行赌约的时候，他却消失的无隐无踪，任凭我挖地三尺，我也没能找到他，眼看约期将至，可是人却不见了，我不得不用手段将他挖了出来。

我逼着苏沛菡，我打电话给她，我说：“如果不想被爆夏曼曼当初是怎么进学校的事情的话，就帮我找到林伟天。”

显然，这句话足够让她害怕一阵子，因为这件事情毕竟也有一半是她参与的，如果将入学造假的事情曝光，不但夏曼曼会被逼迫退学，就连苏沛菡也会遭到重大的处罚，无论从哪一方面想，都是得不偿失。

苏沛菡同意了，只是我心里知道，我和她是永远都不会有接下来的可能了，是我为了自己的私心，将她从我的身旁推的远远的，或许，她和我的距离本来就没有那么的近。

6

只是，苏沛菡并没有让我失望，她真的做到了。

当我第一时间接起林伟天的电话的时候，我是真正的震惊了，我从来都没有想过苏沛菡的速度会这么快。

林伟天，你欠我的，你都会还回来的。

和林伟天开始办理交接公司的手续，以及预订机票，这些事情都是我亲自来做的，因为我不想在这种关键的过程中再出现什么岔子。

等这一切都办理妥当之后，我再度联系上了苏沛菡，我告诉她，关于夏曼曼的事情，我不会说出去，并且毁掉一切证明，电话那头的她，明显是松了一口气。

我约她出来吃饭，她也答应了。

见面后，我也不知道我该和她说些什么，解释吗？她需要吗？

我倒是觉得，她一点也不需要我的解释，比起解释，我觉得她更需要一张去往他身旁的机票。

我也不知道为何，那个时候的我，竟然会如此的慷慨，把自己喜欢的女人，推给我讨厌一生的男人。但我还是这么做了，一是让我良心好过一点，二是，我的确不够爱她，没有林伟天那么爱。

当我把机票推到她面前的时候，她眼里仿佛是看见了希望一般，扑闪扑闪，实在是可爱到心疼，我生怕自己后悔，便塞到她的手中，让她去找自己喜欢的人。

机票放在她的手中，我也安心了不少，我想与其让她恨我，倒不如在最后的时光里，留点关于我的好印象。

后来，我们愉快地吃了这顿分别餐，因为我不知道，下一次见面，会在什么时候，分别有再多的恋恋不舍，但每次的分别，都是为了更美好的重逢。

7

时间不急不慢地过着，到现在，我遇到的人，我见到的人，以及我曾喜欢过的人，都一一刻在我的脑海里，我不会退缩，他们也不会离开，爱也好恨也好，终归是缘分一场。

夏曼曼篇

1

我觉得一切都是命，从我遇上林伟填的那一刻，就注定他是我这一生的劫难，从我认识苏沛菡的那一刻，就注定我们将会发生一些惊天动地的事情。

就像化学物质遇上它的反应品一般，会发生翻天覆地的变化。

遇上林伟填，是在高一开学报到的时候，还记得我和他都是新生入学，他趴在学生会报到的桌子上认真地填写有关自己信息的表格，就那么一刻，我竟然对他一见倾心。

直到现在，时间过去了那么久，我依然清晰地记得，他认真写字的模样十分帅气潇洒，手中握着的钢笔有力地写着，我凑过去看，他的字迹也很漂亮，漂亮到让你无法相信，这一手好字，竟然会是出自男生之手。

只是可惜，我胆子很小，并不擅长表演告白的戏码，只能眼睁睁地看着他从我的面前离开，背着双肩包走进了他所在的教室里。

当时想着，我只要见他一面就好，见到就好。

日子不紧不慢地过着，每天吃饭上课，然后在做课间操的时候偷偷看着讲台上领队的他，学生们最讨厌的课间操，却变成了让我觉得十分珍贵的时间，一点也不觉得疲倦和烦躁。

可能上天是觉得我的生活太无聊，因此才会安排苏沛菡出现在我的生活里、我的世界之中。

清晰地记得，那天是周五的早晨，天空下着绵绵细雨，当天的气温比较冷，我因为出门比较匆忙，忘记了带雨伞，走到学校的半途中便困在了雨景里，就是在这种危急之下，她出现在了水雾之中，我便连忙冲着她喊："喂，姑娘，可不可以送我一程？"

我原本只是抱着试一试的心态，可谁会知道她真的会走过来，撑着白色塑料伞对着我说："我看你和我是顺路，我送你一段路程。"

不得不说，我见过学校里无数的女人，却只有她笑起来的模样十分好看。

我和她不急不慢地漫步雨中，一路上虽然彼此都保持沉默，可意外的是，我们之间却都不觉得有任何尴尬不适的地方，就这样不知不觉地来到了校门口，这一次，是我先开了口："我到了，很感谢你。"

能够看出她眼光里闪烁的惊讶，她指了指学校的大门口，与我说道："原来你也是这所高中的学生啊，我也是呢，不过我是转校生，今天第一天来报道的。"

她的这番话也在我的意料之外，连忙点点头表示欢迎，本身在这所学校中并没有什么朋友，因此多一个倒也好，只不过不巧的是，刚准备想找她要具体的联系方式，铃声就响了起来，我和她也只能无奈地在校门口分离，分离前约定好，找个时间在大门口集合，来续这段未了的友情。

跑到教室之前我特意绕了一圈，来到他的班级门口，在走廊上奔跑的同时看了他一眼，心中的小窃喜就更多了一分，跑起来的步子也更欢快了不少。

只是不知道的是，还有一个更大的惊喜在等待着我。当我气喘吁吁地跑回教室里的时候，不过五分钟，班主任便领着苏沛菡走进了教室。我发誓，那一瞬间我脑子里几乎是空白一片，没有多余的思绪便连忙从座位上站了起来，显然，班主任和她都被我的举动吓到了。

"原来你也在这里……"苏沛菡第一个反应过来，她惊讶地跟我打招呼。

后来的故事发展的十分顺利，班主任发现我们是认识的，便也省了心，直接安排她和我坐同桌，我和她都很开心，只是台下却是唏嘘声一片，然而那个时候，有关于她的任何背景，我的认知度都只为零。

2

经过长时间的一段接触以及在学校贴吧上的一些风言风语，让我终于得知，苏沛菡这个小女子的背景是有多么的大。

她是富二代，富家子弟，自己的爸爸妈妈都是做生意人，每年赚的钱恐怕都能在市区买上好几套房子，他们家动动手指头，整个市都要震一下，但是拥有女主角光环的她，却并不受人欢迎，恐怕是有太多人对她都是有着羡慕而又嫉妒的心。

然而不得不说，我和她的气场却格外的相符，出乎意料，我并没有像其他女生一样反感她，反而是将她放在心上的第一位。

直到开学典礼上，我才发现了她忽然对一个男生产生了巨大的好奇心——林伟填。

她问着我，站在讲台上的男子是什么样的人物，我犯着花痴一般地为她做讲解，她听得倒也是心不在焉的模样，我只能反复地提醒她，那样的男子，你只能远观，绝对不能亵玩。

在后来的一些日子里，她的举动都十分的反常，经常跑去林伟填的班级找他，然而却又不肯告诉我一些事情的真相，我第一次心理上有了一层挥之不去的阴影。

都说女人之间不能横着一个男人，无论再好的友情，都会变了味儿。

这句话，说的真是极好，那段时间我心里食之无味，夜里经常失眠，我也知道她的举动，只是看透却并不想说什么，也难怪，林伟填那样优秀的男人，怎么可能没有一个女生仰慕他呢。

不知道在什么时候，我和她之间开始变了一点味道，有她在的地方，我总是不想出现，就连心里也产生了第一次不想看见苏沛菡的想法。

这种心理阴影，持续到高考前夕。

高考前夕，我和她被分到不同的考场，像以往那样，我们彼此会心有灵犀一般地通电话，互相加油打气，听着她高呼的声音，我心里说不清的情绪都在这场考试中，直到走出考场，我的心情依然没能够恢复过来，因为我知道，我的梦想即将破碎，我能够很清晰地感觉到我考砸了，十分的不好。

那天晚上，我拉着她一起来到考场前的一家大排档吃毕业饭，我将这所有的不满情绪通通发泄在了毕业饭上，也是我第一次尝试喝醉酒的滋味，很痛苦，可是足以让我逃避更痛苦的东西。

后来我是如何被拖回家中的，我是一概不知，只知道第二天醒来，睁开双眼看到的便是我那破旧不堪的老房子，而客厅外，则是喝醉酒的老爸正打着十分响亮的呼噜，而我的妈妈，早在我很小的时候，便丢下我和我爸爸离开了这个家。

看着他喝醉酒的模样，一股恨意在我心里悄然而生，都是因为他的不争气，我们这个家才会散掉，一如既往地住在这栋老旧的房子中，我看着眼前的男人，我发誓我将来的生活，一定不能过成这番模样。

这种誓言立下来的那一刻，我才知道我是有多么的白痴，因为当成绩发出来的那一瞬间，我才真真切切感受到什么叫作现实的痛。

是真的很痛，我只差一点的分数，就可以和林伟填上同一所大学，然而这一切的美梦都泡汤了。

倔强的我第一次哭得那么伤心，苏沛菡安慰着我，她说会帮我想办法的，听到她的话，我的心里仿佛又有了一些希望，我用哭得红肿的双眼望着她，将希望都放到了她的身上，不出所料，她的确帮我办到了，但这背后的代价，如果我知道的话，定不会让她这么做的。

毕竟，我打心眼里认为她真的就是我这一辈子的朋友，即便最后的分离，都无法撼动她在我心里的位置。

3

正式入学之前总是有一堆的事情需要去做，大学的生活充满了各种各样的新鲜、刺激与神秘感。

大学开学之前，一些放暑假的学姐学长们都留下来帮助新生办理入学的事宜，当然也不会忘记拉学生进入各种社团，增加社团活跃度，这样学校每年也会多发一些钱给这些社团们去做一些活动，望着琳琅满目的社团广告单，一时之间，我和苏沛菡都不知道该选择什么才好。

只是，苏沛菡比我有毅力，她居然将宣传单都一一收了回来，说："慢慢挑好了，老是站在这里也无济于事。"

但是我总感觉，她有什么事情隐瞒着我，那个时候我并没有多想，只是轻轻笑笑，表示认同，那个时候，我还是心存感激。

直到没过多久，某一天，她忽然要说帮林伟填拉选票的时候，我这才意识到，原来这一切都是真的。

面对她的盛情邀请，我无法推辞，我并不想让她看出我的心思，我只想把暗恋进行到底，直到工作结束以后，我半开玩笑地问她：“怎么，你该不会是喜欢上他了吧？”

“是啊，暗恋不可以吗？”她用那一对笑眼看着我，笑眯眯的，让我有些不知所措。

这突如其来的消息打得我晕头转向，虽然我心里早已准备好了这一切，然而当从她嘴里说出这个事实的时候，我心里依然无法承受得住，我不知道那天我是如何熬过来的，如果你想知道我的感想，除了钻心一样的疼之外，别无其他想法。

那段时间，我除了用逃避的方法来掩盖我心里的难过之外，我真的不知道还有什么方法能够让我面对她，我想让我自己想清楚目前的情况，最后我还是忍了下来。

自己最爱的两个人忽然都没有了的心里落差，真的十分不好受。

等我调整好心态之后，是开学即将过去一个月之时，苏沛菡问我这段时期是怎么回事，我只能说自己生病了，没有什么精力，对于单纯的她而言，她只会选择相信我的话，并没有任何复杂的想法。

只是，等我走出这段时间的阴影之后，我发现他们两个人的感情倒是发展的十分快。我知道，在我封闭的这段时间，他们一定发生了什么惊天动地的大事情，感情才会突飞猛进，然而这种大事情，恐怕我这辈子都不会知晓。

有的时候，我也认命，毕竟我的身世与她是万万不可能相比的。每次想到这个的时候，我除了自卑之外，别无任何办法。尤其是想到自己连入学资格都是她给我的时候，我都会觉得这是耻辱，可耻的施舍。

这种想法，一旦开始根深蒂固后，便会迅猛发展，一发不可收拾。

直到后来，我忽然听说了一种可怕的谣言，传言说，林伟填还有一个孪生弟弟，名叫林伟天，有着惊人般相似的面孔，形体也很相似，就连彼此说话的语气都十分的相似，恐怕除了父母之外，没人能够分辨得出他们究竟谁是谁。

带着半信半疑的态度，我近乎是挖空了整个网络，翻天覆地般地要找出关于真相的蛛丝马迹，终于功夫不负有心人，我终于将他们真相都找了出来，也明白了苏沛菡喜欢的人究竟是谁。

那一刻我的内心是带着惊喜，死灰复燃般，那种心情即便让我再体验一次我也不会拒绝。

我和苏沛菡，并不是喜欢同一个人，而是我喜欢的人是哥哥，她喜欢的则是弟弟。

按捺不住喜悦的心情，我开始策划了一场自认为比较精心的局，等着他们跳进来，当然最后的后果，是我没有想过的，我并不是故意想要伤害他们，我只是想让他们正视起这个问题，我也只想要回我喜欢的人而已。

我对苏沛菡的了解，可以说是了如指掌，她要去见什么人，要去做什么事情，一定会给我报备一声，当我知道她要约林伟填共享晚餐的时候，我便知道，这个机会一定要狠狠地把握住。

我站在宿舍的阳台上，看着楼下的人来人往，其实我也在赌，我曾想过最坏的结局，我跳下去，万一他不肯救我，或者来的人并不是他，那该怎么办。

所幸的是，老天爷似乎也是在帮我一把，我看见他正朝着学校门口的方向走来，而他想离开校园必定会经过这栋女生宿舍的楼前，我闭上双眼，深吸了一口气之后，便装作不小心从楼梯上滚下来，疼得我撕心裂肺，那一声声救命，是我发自内心呐喊出来的。

我也不知道喊了多少分钟，只知道我疼得意识逐渐模糊，在我即将晕厥的那一刻，落入了一个陌生的怀抱中，可是他身上的气息我是不会忘记的，他常年只用这一款香水，我很清楚，来的人就是他。

曾多少次想跌入他的怀中，哪怕只是一会儿也好，只是没曾想过，有朝一日是用这种方式来实现我这个愿望。

如果这是梦，希望不要醒来。

4

等我醒来之后，便在医院之中，然而我却没有看见他的身影，心里的落差感油然而生，这个时候连忙掏出手机，给苏沛菡发了一个短信，想让她过来陪我，还有一个目的，便就是告诉她真相。

让我感到吃惊的是，她也负伤而来，脚上打着绷带，我皱着眉头想要开口询问她的伤势是怎么回事，然而她却打着马虎眼，死活不肯告诉我事情的经过。

心里有些别扭的难过，有一种好朋友不再告诉你秘密的心情，我想任何一个人都应该有所体会，你会吃甚至你不认识人的醋，因为有对方的存在，她才不会将秘密告诉你。

她终于问起我的伤势，我轻描淡写的回答：“不小心从阳台上滚了下来，送我来医院的人是林伟填。”

我不知道我这句轻描淡写的话说出来是有多大的震撼力，只知道从她的眼神里，清晰地看见她的目瞪口呆以及不信任之情。

而我则是耐心地看着她的面目变化，直到她的离去，我都没有阻拦她，因为我知道，她心里也略知一二，只是暂时不想去接受这个事实。

随后的一段时间内，我都很少在校园中见到她，给她打过去的电话，她或者挂断，或者找借口推辞，推辞的次数多了，我也不再找她了，因为我们现在，彼此都很心知肚明，只不过谁也不愿意先做伤害他人的事情。

一周后，她先按耐不住情绪给我打了电话，约我出来，见到她的时候，心里微微有点酸楚，如若我不将实情告诉她的话，那么至少她过得还不错，而不是现在这样的面黄肌瘦。她难过起来的模样，真是让人心疼。

我们都保持沉默，有一股力量正在告诉我，这一切都离结束不远了。

“我想，我爱的人是林伟天。”

当她告诉我答案的时候，我心里还是微微吃惊，因为没有想到，她就这么接受了这个事情的真相，不过也对，毕竟时间过去了那么久，她除了强迫让自已面对真相之外，还能够去想什么。

我大胆地将我心里的一些话也告诉了她，我能够看到她的脸上正青一阵红一阵的闪烁，犹如唱京剧的脸。

我们心里的疙瘩都化解了不少，我以为，这一切都结束了，终于结束了，我以为我和她的友情能够一如既往的好下去，然而我这才发现，这一切都只是刚刚上演。

回来的时候，我们看到学校的公告栏上贴着新一期的海报，海报上面宣传的正是一年一届的篮球友谊赛，我不知道这场活动是正好在这个节骨点上出现，还是有人故意安排，总之当我知道这个消息的时候，脑海里也有了一个大胆的想法。

都说，女追男隔层纱，我连忙将我心里想要做的事情告诉了苏沛菡，而苏沛菡微微吃惊，反复问我："真的要这么做吗？"

我想也不想地连连点头，她知道我的倔脾气，一旦认定的事情，是不会轻易改变，于是我便连忙拉着苏沛菡和我一起做这些事情，她也是不怕麻烦，耐心地帮我制作告白时会用到的东西，也微笑地祝福我，希望我能够出师顺利。

我甚至在幻想，幻想着他接受我之后的场景，也轻轻地笑出了声。

5

终于熬到篮球赛的那天。

篮球馆内早已忙活了起来，而我则跟着苏沛菡溜进了后台，将表白用的物品都放在了后台中，看着他们的篮球比赛，心里越来越紧张。

直到意外的发生，中场的休息，我这才将准备好的东西，都搬到了舞台前，我这样突如其来的举动，确实吸引了不少人的围观，那些原本想要离开球馆的人渐渐地又退了回来，并且跟着起哄，嘴里一起喊着："在一起，在一起……"

舞台上有苏沛菡，舞台下又有人在支持鼓励着我，所以面对他的时候，我心里居然一点也不害怕，表白词背得滚瓜烂熟十分利落，甚至不带一点卡带，我的笑容越来越大，似乎一切都十分的顺利。

只是，他却迟疑了。

即便是在黑暗中，我也能够看得见，他的那双眼眸正逐渐变冷，面无表情地盯着我，看的我有些害怕。随后，他的视线却转向了苏沛菡，停顿许久。

我就这么被晾在了这里，许久。

看客的鼓励声音逐渐减弱，渐渐的，偌大的舞台上便就没了任何声音，安静的有点可怕，我心里忐忑不安，没有人知道，我为了这场表白，付出了多少心血，拿出了这辈子所有的勇气。

后来，他终于肯将视线放在我的身上，我很清晰地看见他朝着我摇了摇头，随后走掉。

仿佛是一巴掌，狠狠地扇在我的脸上，十分的疼。

我看着苏沛菡，仿佛也明白了什么，原来林伟填也喜欢苏沛菡，苏沛菡不可能不知道这件事情，如果她将这些事情原原本本地告诉我，我今天也就不可能当众出丑。

我将这一切的失败都归功于她，我将心里长久以来压制的自卑感和羞辱感通通爆发了出来，我狠狠地看了一眼她，将她刻进我的心窝里，她成就了我，但也将我彻底毁掉。

逃一般的离开了这带有羞辱感的篮球馆，我扑回宿舍痛快地哭了一场。当夜，宿舍之中的人们可能感受得到一股强大的低气压，谁也不敢先说话，更不要说上前来安慰我。

人在意识到危机感的时候，是多么的渺小和可怕。

自从那件事情之后，我和苏沛菡之间的友谊彻底断裂，我们仿佛心照不宣似的，谁也不和谁联系。我以为我的大学生涯就这么平平淡淡过下去了，也挺好，可是谁会知道，还有更惊天动地的事情等待着我。

那是表白事情过去将近一周之后，某一天早晨，我打开宿舍门，发现脚下有一封并未拆开的信，捡起来看着收信人的名字是我，带着一股好奇心，我迫不及待地将信封拆掉，待看完信的内容之后，脑袋仿佛被人狠狠地打了一棒，一片空白。

眼泪控制不住，早已先冲刷而下，我捏着信，带着沉重的步伐来到了苏沛菡的宿舍门前，狠狠地砸着她的门，一开门，看见她的脸庞，我便一巴掌就打了过去。

原以为，朋友做不了，也不至于用这种手段逼我离开。她曾成就了我，我十分感激，但现如今，我从来都没有想到过，会有这么一天，我们会以这种方式彻底翻脸。

所有人都在看我和她的笑话，仿佛都在嘲笑着："原来再好的感情，也终究会有翻脸的一天。"

我不知道我最后是带着什么样的心情离开这个地方的，带着绝望、伤心、愤怒，或者还有那一点的羞辱感。

这件事情早晚也会闹大，我思来想去，终究知道，这所学校，我是待不住了。

我也不想再有人威胁我，不属于我的东西，我的确不该拿，归还，是最好的选择。

6

转校的一切手续办理的都是那么的顺利，校长在听说我的事情之后，用很快的速度就将转校手续办妥，让我有一些始料未及，或许像我这种成绩不上不下的学生，在重点大学的眼里真当是无所谓吧。

反正都是要离开的人，也就无须再多伤感，我微笑地谢过校长，而校长也说着希望我发展能越来越好的片面之词。

回到宿舍，我也并没有将我要离开的事情告诉宿舍里的人，毕竟在我心里，只是同学一场，我当初来的自在，去的也要自在。

收拾完行李之后，我便装作什么事也没发生，开始正常过完在学校里的最后一天，当然，我也要跟苏沛菡道个别。

任何人我都可以不说，唯独她不行。

我将她约到我们曾经最喜欢来的一家奶茶馆，我想，喝着热腾腾的奶茶，说出的话才不会冷。

我并没有想到，这最后的时光里，我们都如此的感性，仿佛即将要和好如初一般。但我们都很清楚，这恐怕是最后一次的见面，把酒言欢，他日我们在哪里，都无须伤感，无须牵挂，无须惦念。

我们都哭了，哭得挺惨，即便我那么恨她。在那一刻，才明白，恨意其实并没有那么深切，更多的，是有一种无法言喻的感觉。我们中间，横着的是一堵厚实的墙，那墙是我心里的防备，那墙的名字叫作自尊。

和苏沛菡聊了许久，才回到宿舍，开始默默流泪，当时哭得很厉害，眼泪模糊了我的双眼，我只知道，睁开双眼，眼泪就控制不住潸然而下，哭累了，就闭上双眼睡着了，梦里都是黑白颠倒，十分难熬。

早上，我很早就起床梳洗，拖着行李箱悄悄地离开了这栋寝室楼。曾让我倍感欣慰、让我有安全感的寝室，终究是离开了。

只是，在路过苏沛菡的楼前，我的心里仿佛有强烈的感应在牵挂着我，我害怕她会来送我，那样我唯一的自尊心也会受到打击，我连忙扭过头，习惯性地将目光看向她的房间处，还好，并没有看见那张熟悉的脸庞。

心里终于踏实下来了。

我微笑着拖着行李箱离开，头也不回地快步离开这里，仿佛前方的校门口并不是终点，而是开启我生命的新篇章。

再见，林伟填，再见，苏沛菡。

就让这一切终归于零，让这一切的错误，都由我来承担吧。